Renate Fabel, zu Beginn des Zweiten Weltkrieges in Berlin geboren, sammelte zunächst in Buchverlagen und bei Zeitschriften berufliche Erfahrungen, ehe sie ihren ersten Roman »Meines Mannes Tochter« veröffentlichte. Inzwischen hat sie elf Bücher geschrieben. Seit zwanzig Jahren arbeitet Renate Fabel als stellvertretende Chefredakteurin bei *Madame*. Besonders ihre Leitartikel haben einen großen Leserkreis gefunden. Sie ist mit dem Graphiker Hans Fischach verheiratet, lebt in München, liebt Katzen, Reisen, und, wie sie sagt, »viel zu viele Sportarten«.

D1865921

Von Renate Fabel sind außerdem erschienen:

»Verlieb dich nicht in einen Italiener« (Band 2899)

Dieses Buch wurde auf chlor- und säurefreiem Papier gedruckt.

Vollständige Taschenbuchausgabe Juni 1992
Droemersche Verlagsanstalt Th. Knaur Nachf., München
© 1986 und 1987 F. A. Herbig Verlagsbuchhandlung,
München und Berlin
Umschlaggestaltung Adolf Bachmann, Reischach
Umschlagfoto Zefa/VLOO
Druck und Bindung Elsnerdruck, Berlin
Printed in Germany
ISBN 3-426-01689-3

2 4 5 3 1

Renate Fabel

Ich war Cleopatras Lieblingskatze

Minou

Zwei Romane in einem Band

Knaur

Ich war Cleopatras Lieblingskatze

Ein vergnügtes Tagebuch

Mit Illustrationen von
Hans Fischach

Schöner Geburtstag!

Gestern hatte ich Geburtstag. Hatschi, die Schoß- und Schmusekatze von Cleopatra, wurde ein Jahr alt. Gleichzeitig feierte meine Herrin die vierzehnte Wiederkehr ihrer Geburtsstunde. Im Vertrauen gesagt – eine ziemliche Enttäuschung, dieser sogenannte Ehrentag. Wenigstens für mich. Während Cleo (so nenne ich sie heimlich) von ihrem Vater, dem tölpelhaften Auletes, immerhin goldene Armreifen für ihre Schlangengelenke geschenkt bekam, hakte sie mir als Überraschung einen piekenden Ring ins Ohr. Daran baumelt – idiotisch! – ein grünglitzernder Skarabäus von einigem Gewicht. Sonst jage ich diese Mistkäfer durch die Palastgärten, daß sie nur so flitzen, und jetzt schleppe ich so ein Ungeziefer hautnah mit mir herum. Ganz schön frustrierend.

„Ich bin mit dem heutigen Tage eine Frau, Erbin des Doppelthrons von Ägypten, und du

die Katze, die mich auf meinem schweren Weg begleiten wird“, sagte Cleo feierlich und nahm mich in die Arme. Dabei – gute Göttin Bastet! – tropften ihr heiße Tränen aus den Augen, direkt auf mein kostbares Fell. Ich kam mit dem Putzen gar nicht mehr nach.

Mäusejagd rund um den Sarkophag

Später ging sie Alexanders Grab besuchen. Pflichtgemäß trottete ich hinterher. Der große Alexander, um den meine Herrin immer seufzt, als wenn es ihr Herzallerliebster wäre (dabei schläft er seit drei Jahrhunderten tief und fest), liegt in einem Mausoleum, zusammen mit anderen weißumwickelten Gestalten. Man muß unendlich viele Treppen mit eiskalten Stufen hinuntersteigen, dann geht es rechts und links um die Ecke und wieder rechts und links, zum Schwindligwerden! Der einzige Lichtblick sind die Heerscharen von Mäusen, die, so wie es sich für ein richtiges *Mauso*leum gehört, die Gänge bevölkern. Wovon die Graufellchen leben, weiß ich nicht. Ist mir auch, ehrlich gesagt, egal. Hauptsache, ich habe meinen Spaß. Und den habe ich, worauf sich alle heiligen Katzen von Bustatis verlassen können.

Und so amüsiere ich mich auf meine Weise, während meine Herrin ihrem Alexander melancholisch in die weitgeöffneten Augen starrt. Er und sie sehen aus wie Geschwister, sagt man, sind ja auch über ein paar Ecken miteinander verwandt. Nur herrschte er über ein ganzes Weltreich und ließ sich von niemandem etwas sagen, während Cleo, genauso wie ihr Vater, heftig vor den Römern *katz*buckeln muß. Was ihr – verständlicherweise – rein anatomisch einige Mühe bereitet.

Der Römer staunt

Abends wurde es dann doch noch ganz geburtstagsmäßig. Cleos Vater, der langweilige Pfeifer, hatte zwei römische Männer zu Gast, vor denen er mit seiner ältesten Tochter protzen wollte. Meiner Herrin paßte das gar nicht, aber was blieb ihr übrig? Trotz ihrer dauernden Rede von Schlangenkrone und Doppelthron – noch muß sie nach Auletes' Flöte tanzen.

Als Begleitung zu dem Gastmahl wählte sie ihre Sklavin Gnäa und – wie könnte es anders sein – mich. Jetzt war ich doch ganz froh über den Ohrkäfer, wenn er mich auch im wahrsten Sinne des Wortes halb zu Boden zieht. (Mein Kopf hängt schon ganz schief.) Auf hohen, schlanken Beinen, die Lider halb geschlossen, was mir zusammen mit dem schiefgelegten Kopf einen ausgesprochen snobistischen Ausdruck verleiht, folge ich Cleo. Sie hat sich Rosen ins offene braune Haar

gesteckt, ihr Gewand wirft griechische Falten. Ein stolzer Anblick, wir drei, wobei *ich* natürlich den Vogel abschieße.
Dem haarigeren der beiden Römer, einem Krauskopf mit Münzenprofil, fielen die Augen fast aus dem Kopf. Er schnappte richtig nach Luft.

Cleo faucht zurück

„Was hat hier ein Katzenvieh zu suchen?“ faucht er, als ich mich mit Sphinxgesicht neben meiner Herrin niederlasse. Dieser unnachahmliche Ausdruck ist mir angeboren. „Katzen“ – er spuckt das Wort richtig aus, überhaupt spuckt er oft und viel – „Katzen gehören in die Gosse. Oder besser noch in den Tiber.“

„Im Pharaonenland Ägypten nicht, Mark Antonius“, gibt Cleo auf ihre herablassende Art zurück. In solchen Augenblicken liebe ich sie! Dann verzeihe ich ihr alles, sogar die schreckliche Unsitte, ihre frischgesalbten Hände (und manchmal auch die Nase) an meinem Seidenfell abzuwischen. „Bei uns sind Katzen heilige Tiere.“

Mit Marmorschultern nimmt sie neben dem Barbaren Platz, winkt einem Sklaven, ihr Lamm und Weintrauben zu reichen, und beginnt mich mit knuspriger Lammkruste zu füttern. Ich Unselige! Hätte ich doch bloß die Krallen von den Mäusen gelassen, jetzt ist mir die Kehle wie zugeschnürt. So begnüge ich mich, ein wenig Fett zu lecken, und genieße im übrigen die Hitze, die aus den vielen Kohlenpfannen steigt. Es duftet süß und schwer nach Ambra, das kommt von dem parfümierten Wachs, das sich jeder der Gäste auf den Kopf gelegt hat. Dort schmilzt es allmählich und füllt die Luft mit seinem Wohlgeruch.

Aber da ist noch ein anderer Geruch, und der heißt Schweiß. Richtiger Männerschweiß, den dieser Krauskopf verströmt, er frißt und säuft und geniert sich nicht – mir entgeht unter meinen halbgesenkten Lidern nichts –, mit seinen haarigen Bocksbeinen nach Cleos Fesseln zu angeln. Da hätten Sie aber einmal Cleos Augen sehen sollen. Sie sprühen hundertkarätigen Haß. Ein Wink, und die unwürdige Gnäa muß den Platz mit ihr tauschen. Wir sehen sie erst am Morgen wieder. Sehr blaß und mit tiefen Augenrändern. Mark Antonius sieht nicht viel besser aus.

Schöne Katze – kluge Katze

Apropos Augen: Meine Augen sind grün wie der Nil und golden wie die Sonnenflecken auf den Blättern der Palmen. Sternenpünktchen flimmern darin, und rings um die Mandel schlängelt sich ein hauchfeiner schwarzer Strich.

Cleo sieht mich oft an und seufzt: „Oh, Hatschi“, sagt sie, „alle behaupten, ich hätte die

herrlichsten Augen von ganz Ober- und Unterägypten. Aber gegen deine sind sie nichts, absolut nichts, zwei trübe Tümpel."
Darauf nimmt sie ihren kleinen verbeulten Silberspiegel und malt stundenlang an ihren Augen herum. Sie färbt die Lider mit blauer und grüner Farbe, stäubt Silberpuder über die Wimpern, zieht Kohlestriche da und dort, tropft sich eine wasserhelle Flüssigkeit in die Pupille. Nützt alles nichts, meine Augen bleiben schöner.
Das ärgert Cleo, und wütend bläst sie mir von ihrem Silberstaub in die Nase. So ein gepudertes Näschen sieht nun zwar sehr hoheitsvoll aus, doch vor allem kribbelt es, und ich muß niesen. „Hatschi", sage ich und nochmals: „Hatschi."
Cleo lacht. „Eine kluge Katze, die sich bei ihrem eigenen Namen nennt. Nein, was habe ich doch für ein altkluges Kätzchen." Und sie reißt mich in die Arme und tobt mit mir durch die Räume. Mein Ohrring läutet Sturm.

Das Geheimnis meines Namens

Dabei kommt mein Name gar nicht vom Niesen, nein, er ist von viel feinerer Herkunft. Meine Herrin taufte mich, als ich ihr mit blinzelnden Augen und einem angeblich verklebten Mäulchen (sie liebt es, mir das genüßlich zu schildern) das erstemal in die Arme gelegt wurde, nach Königin Hatschepsut aus der achtzehnten Dynastie. Unter ihrer Herrschaft entwickelte sich Ägypten zu der Perle, die es eben im Augenblick nicht mehr ist (die Bevormundung der Römer!). Bei Dair Al Bahri gibt es den berühmten Grabtempel der Hatschepsut-Königin, den Cleo in zartem Alter von sieben besuchte, begleitet von ihrem bläßlichen Bruder. Klein-Ptolemäus fiel damals vor Hitze in Ohnmacht – er ist ein ziemlicher Kretin–, Cleo dagegen entdeckte ihr Herz für die tüchtige Urahnin.

Da Hatschepsut zweifellos ein Zungenbrecher ist, machte Cleo kurzerhand Hatschi daraus.

Soll sie, tut mir gar nichts. Eines jedoch ist klar: Erst an dem Tag, an dem Cleo mich bei meinem vollen Namen ruft, heißt sie bei mir auch Cleopatra.

Feuchtes Vergnügen

Wir wohnen in Alexandria, der schönsten Stadt der Welt. Manche behaupten zwar, Athen sei schöner, aber das ist nur diese komische ägyptische Hochachtung vor allem, was griechisch ist. Auch Cleo betont dauernd, daß sie griechisches Blut in den Adern hat. Und ihre Nase – ja, die hält sie für speziell griechisch. (Mir kommt sie eher zu lang vor.)
Unser Palast liegt auf einem blumenüberwucherten Hügel, unten rauscht das Meer, grün, weiß und schäumend. Manchmal fährt Cleo mit einem kleinen Boot in die Wellen hin-

aus, dabei müssen ich und ein paar Sklavinnen ihr Gesellschaft leisten. Mir behagt das Geschaukel ganz und gar nicht, aber wenigstens ist die Bordverpflegung gut: Fisch und gehackte Muscheln und Flügelspitzen von Hühnern, lauter Lieblingsgerichte von mir. Cleo nimmt sich von allem als erste, kostet und füttert mich dann damit. Wohlgesättigt liege ich auf ihren zimtfarbenen Füßen, lecke ihr das Parfüm von den Zehen und zittere, daß mich kein Gischttröpfchen trifft. Cleo lacht, in ihren Augen funkelt (griechische?) Bosheit.

Auf einmal packt sie mich und tut, als wolle sie mich ins Meer werfen.
Da kann ich nur lachen (obwohl mir nach allem anderen zumute ist). Niemand weiß besser als meine Herrin, daß in Ägypten jeder, der eine Katze tötet, mit dem Tod bestraft wird. Dieses Gesetz gilt auch für eine zukünftige Göttin und Königin. So hoffe ich wenigstens.

Eine pikante Mischung

Ich stamme aus einem uralten Palastkatzengeschlecht. Meine Mutter, Rena, war wegen ihres aristokratischen Profils und der einzigartigen Wespentaille in ganz Alexandria berühmt. Leider zeigte sie auch weniger aristokratische Neigungen, so jagte sie blindlings jedem hergelaufenen Kater nach. Bis zu ihrem bedauerlichen Tod im Alter von acht Jahren (sie wurde von einer Sänfte erdrückt), brachte sie es auf siebenundvierzig Söhne und Töchter, worunter ihre Taille dann doch ziemlich gelitten hatte. Die letzte – und schönste! – Tochter war ich.

Zu meinem tiefen Kummer ist mein Vater unbekannt, man munkelt, es handle sich um

einen Hafenstromer aus der Siedlung der Phönizier. Doch, so tröste ich mich, unstandesgemäße Verbindungen bringen oft die entzückendsten Kinder hervor. Man denke nur an Cleos Halbschwester Iras. Deren Mutter war eine Germanin, die Iras' Vater, den Pfeifer, noch auf dem Sterbebett verfluchte (das erstemal, daß man sie sprechen hörte), trotzdem ist Iras schön wie die Morgenröte. Doch das hört Cleo gar nicht gern.
Wenn die beiden Mädchen ihr Haar in der Sonne trocknen (mit breitkrempigen Hüten ohne Deckel und auch sonst recht entblößt), wird Cleos Haar niemals so weizenblond wie das von Iras. Ergebnis: Cleo stampft wütend mit dem Fuß auf und zischt: „Verfluchter Bastard!"
Beleidigt fliehe ich aus ihren Armen. Damit meint sie doch hoffentlich nicht *mich?!*

Gedemütigt und geblendet

Seltsame Dinge passieren in Cleos Gemächern. Außer Apollodorus, ihrem Erzieher, geht neuerdings noch ein anderer Mann dort ständig ein und aus. Er ist groß, bronzefarben und trägt einen polierten Dolch im Gürtel, ein typischer Römer also. Wenigstens hat er nichts gegen Katzen, sondern – im Gegenteil – er erlaubt sich gelegentlich den „Scherz", mich wie einen alten Lederball mit seinen schwieligen Füßen über den Boden zu rollen. Dabei meckert er wie ein Ziegenbock. Ich lasse ihn großmütig gewähren. Römische Kinderei! Wer mich viel mehr empört, ist meine Herrin. Hat sie doch wahrhaftig die Stirn, mich wie eine lästige Stechmücke aus ihrem Schlafzimmer auszusperren. Unverschämtheit! Ich protestiere. Wo ich doch ihre offiziell akkreditierte Schoßkatze bin, also genau dortselbst hingehöre. Zutiefst gekränkt fange ich an zu klagen. Das hallt vielleicht durch den

Palast! Die ganze Dienerschaft läuft zusammen, sogar ein Arzt ist dabei.
Fazit: Ich darf wieder in Cleos privatestes Gemach, muß allerdings während gewisser Nachtstunden eine (smaragdbesetzte) Augen-

binde tragen. Äußerst lästig und dazu so irritierend. Sie müssen sich vorstellen – ich höre meine Herrin seufzen und sich wehren und weiß nicht, wie ich ihr beistehen soll. Massakriert sie dieser Römer etwa mit seinem Dolch ...?

Ich kann's genauso

Soll Cleo doch mit ihrem Römer treiben was sie will! Interessiert mich nicht die Pfefferbohne, seitdem ich meinen Rheuma habe. Wer das ist?! Der verführerischste Straßenkater, der mir je unter die Pupille gekommen ist (und die ist, das können Sie mir glauben, was Schönheit und Laster angeht, einiges gewöhnt).

Wir treffen uns, sobald Cleo auf mich verzichten kann, unten am Rosenhügel, jagen ein paar Seevögel zusammen, machen einer frechen Kröte den Garaus, um dann zur eigentlichen Sache zu kommen. Jetzt bin ich diejenige, die seufzt und stöhnt und so tut, als wenn sie sich wehrt (was mir in Wirklichkeit niemals einfallen würde, ich bin doch nicht von allen Göttern und Halbgöttern Ägyptens verlassen!). Im Vertrauen – nicht einmal auf Cleos flachem, honiggesalbten Bauch zu schlafen, ist schöner. Rheuma hat da ein viel spezielleres Parfüm.

Schöne Aussichten!

Verflixt und zugenäht! Hat mich doch Apollodorus in einer eindeutigen Situation mit Rheuma erwischt und es gleich an Cleo weitergepetzt. Muß seine Knollennase auch in alles stecken, der fette Sack! Cleo tobt, schießt Blitze aus ihren schönen Augen, schmeißt ihre Schminktöpfe herum, daß es nur so kracht. Dauernd ist von „Verrat“ und „elendem Betrug“ die Rede, als hätte ich wie einst ihre hinterlistige Schwester Berenice eine Verschwörung gegen Auletes angezettelt.

Das Schlimmste aber: ich bekomme Ausgehverbot. Auf der Stelle und ohne Pardon. Nur die öden Palastgärten, wo die Sklaven gähnen und ab und zu eine überfütterte Eunuchenkatze über die Wege schleicht, bleiben mir als Spielwiese. Kläglich genug!

Meine einzige Hoffnung: Rheuma hat versprochen, Mittel und Wege zu finden, um mich

weiterhin zu beglücken. Sagte er mit treuherzigem Augenaufschlag. Bis heute warte ich vergeblich. Vor lauter Kummer werde ich dick und dicker, kaum daß ich noch in Cleos Schmuckschrein passe, mein Lieblingsversteck. Diesmal tobt Cleo nicht, dafür handelt sie umgehend: nur noch Wasser und Getreidekörner. Auch das noch! Wo es doch im ganzen Palast so verführerisch nach gebratenem Zicklein duftet.

Ich bin so mit den Nerven herunter, daß ich ernsthaft erwäge, mich im Weiher zu ertränken. Dann – viel schöne, viel grausame Herrin – mußt du dir deine Augenbrauen ratzekahl abrasieren, so wie sich das in besseren ägyptischen Häusern beim Verlust der Lieblingskatze gehört. Ich höre dich schon jammern.

Mutter sein dagegen sehr

Das Ertränken wird zurückgestellt, zunächst einmal werde ich Mutter. Rheuma hat sich ein allerliebstes Denkmal gesetzt – vier rotzfreche Söhne und Töchter. Nur die zarteste der Töchter sieht aus wie ich, wenn auch ihr Körper niemals das vollendete Ebenmaß meiner Gliedmaßen erreichen wird. Ich nenne sie Hatschis.
Meine neue Rolle beschäftigt mich einige Zeit. Ich säuge die Kleinen, halte sie sauber, bringe ihnen bei, nach Cleos Perlen zu jagen, die sie

mit Vorliebe rund um ihre Lagerstatt verstreut, erst dann fangen wir an, auf Mäuse und ähnliches Getier überzugehen. Alle vier begreifen schnell, tanzen mir bald auf der Nase herum. Just in diesem Augenblick wird mir die Kinderstube lästig, ich sehne meine alte Unabhängigkeit (und Ruhe) zurück. Meine Herrin scheint Gedanken lesen zu können. Sie verschenkt die Kleinen an die gallischen Legionäre, die vor ihren Gemächern Wache halten. Dafür drücken sie ab und zu ein Auge zu …

Hatschis würde ich ganz gern behalten, wenn auch die leise Gefahr einer Konkurrenz besteht (trau, schau Cleo ...). Deshalb bin ich fast erleichtert, als Cleo sie ihrem Römer mitgibt. Er muß zurück nach Rom zu einem gewissen Cäsar, der wieder einmal einen Krieg anzettelt. Hatschis soll ihn unterwegs an heiße ägyptische Nächte erinnern. So wenigstens drückt es Cleo aus. Na, wenn alle Männer so vergeßlich sind wie Rheuma ...

Von nun an geht's bergauf

Na endlich – Cleo ist Königin. Ihr Vater, die traurige Figur Auletes, erlag einem Hustenanfall. Cleo schluchzte zwar wild (immer diese Maßlosigkeit!) und rang die Hände, aber man sah ihr die Erleichterung an der Nasenspitze an. Jetzt hat sie endlich das, wonach sie seit achtzehn Jahren strebt, die Schlangenkrone nämlich, und muß nur noch versuchen, mit ihrem idiotischen Bruder Ptolemäus auszukommen. Der hat genauso viel zu sagen wie sie. Wenigstens auf dem Papyrus, inoffiziell sieht es schon anders aus. Da wagt der dumme Kerl in Cleos Gegenwart kaum sein blasses Mündchen aufzumachen, so zittert er vor ihr. Deshalb kommt auch eine Heirat – wie sonst üblich – zwischen Bruder und Schwester nicht in Frage.

Cleo ist also Königin, und damit hört als erstes der ständig wechselnde Verkehr in ihrem Schlafzimmer auf. (Wurde auch höchste Zeit,

ich habe schon eine ganz wundgescheuerte Nase von der Augenbinde.) Für eine Königin schickt sich sowas nicht, die muß Vorbild sein, auch was die Moral betrifft. Ob das genauso für eine königliche Katze gilt?

Wir repräsentieren

Harte Zeiten für Cleo – sie muß regieren. Klar, daß sie damit nicht mehr so viel Zeit für mich hat. Ist mir einesteils sehr recht (man weiß ja nie, was ihr als nächstes einfällt), auf der anderen Seite steckt eine Katze meiner Provenienz nicht gern zurück.
Also benehme ich mich von nun an besonders gut und schaffe es, daß die neue Herrscherin mich auf ihre öffentlichen Auftritte mitnimmt. Einzige Bedingung: ich muß mucksmäuschenstill sein (was fast einer Beleidigung

gleichkommt). Doch der Aufwand lohnt sich: Cleo in meerfarbenen durchsichtigen Gewändern, mit denen der Wind spielt, auf einem Thron aus Elfenbein, die Schlangenkrone fest auf die schwarze Perücke gedrückt, zu ihren Füßen ein seltenes Prachtexemplar von Katze

– die Menge tobt. Meiner Herrin rinnt der Schweiß in Strömen über das Gesicht, trotzdem starrt sie unbewegt geradeaus. Nur einmal, als das Toben nicht aufhören will, hebt sie schwach die Hand.
Auf der Stelle vergesse ich meine Mäuschenhaltung und beiße sie verstimmt in den Zeh. Hat Cleo einen Hitzschlag oder was ist mit ihr los? Glaubt sie vielleicht, der Jubel gilt allein ihr?!

Schwierige Zeiten

Die Königin Ägyptens macht sich Sorgen. Etwas übertrieben, wie ich finde. Das Volk betet sie an, schickt ihr stoßweise Lobeshymnen und Wachstäfelchen mit Zeichnungen ins Haus, preist ihre Schönheit und Güte(!). Aber das genügt Cleo nicht. Ihr fehlt,

wie sie dem Petzer Apollodorus anvertraut, während sie nachdenklich mit meinem Ohrring spielt, die Unabhängigkeit von Rom. (Ich argwöhne: Ist es nicht eher die Abhängigkeit von einem Römer?!)
Außerdem gibt es da die gewaltige Mißernte in unserem Land. Der Nil ist in diesem Jahr nicht wie sonst über die Ufer getreten, damit fällt die Ernte aus. Tausende von Ochsen, Antilopen und Menschen sind schon verhungert, ihre Skelette säumen den Flußlauf und werden von den (ebenfalls hungrigen) Vögeln blankgepickt. Nur uns heiligen Katzen geht nichts ab, wir schöpfen fröhlich weiter aus dem Vollen. Ja, wer so dumm ist, keine Katze zu werden...

Ein Hundeleben

Cleo läßt sich von den Priestern überreden, mit dem Boot nach Theben zu reisen, um dort die Mutter des heiligen Stiers zu spielen (das soll angeblich die Götter versöhnen). Sonnenverbrannt und dünn wie ein Schilfrohr kehrt sie zurück, schließt mich nach langer Trennung überglücklich in die Arme. Überhaupt ist sie viel patenter geworden, eine richtig erwachsene Frau, auf die man langsam zählen kann. Nur Angst hat sie, schreckliche Angst. Vor ein paar heimlichen Verschwörern im Palast, die Klein-Ptolemäus gegen seine Schwester aufhetzen, vor kleinen Fältchen in den Augenwinkeln und dann vor allem vor dem Essen, das ja vergiftet sein könnte!

Deshalb schleicht hier neuerdings eine jämmerliche Töle von Hund herum, so eine Art Vorkoster für Cleos Speisen. Ein dämlicher Kerl! Stürzt sich winselnd vor Freude auf jedes Fleischschüsselchen, das Gnäa ihm vorsetzt, und schlingt alles in einem Satz hinunter. Bis er dann eines schönen Tages – immer noch winselnd, aber nicht mehr so freudig – sich nach dem Genuß eines Muschelgerichts in Krämpfen windet. Das hat er nun von seiner Freßgier, der Barbar! Und wird nicht einmal, wie die vornehmen Katzen Ägyptens, mit allen feierlichen Ehren in Bubastis beigesetzt. Man wirft den Kadaver einfach in den – wieder steigenden – Nil.

Verraten und verlassen

Die traurige Quittung meiner bald achtjährigen Treue: Cleo ist auf und davon. Schlich mit Gnäa, dem schwammigen Apollodorus sowie ein paar strammen Galliern und Germanen bei Nacht und Nebel aus dem Palast, um nicht doch noch vergiftet zu werden.

Vorher allerdings – hier gebührt der Wahrheit die Ehre – fand ein herzzerreißender Abschied zwischen uns beiden Unzertrennlichen statt. Cleo in ihrem Knabenwams drückte mich so innig an ihr Herz, daß ich ihren pyramidenförmigen Busen deutlich durch den rauhen Stoff spürte.

„Vergiß mich nicht, göttlichste aller Katzen“, flüsterte sie und küßte jedes einzelne meiner hauchzarten Pfötchen. „Verrate mich nicht so wie die anderen.“

Damit meinte sie nicht etwa den schönen Römer, Ziehvater von Hatschis, der – natürlich – nichts mehr von sich hören ließ, sondern ein paar doppelzüngige Kreaturen rund um ihr „reizendes“ Brüderchen. Zum vorläufig letztenmal spielten wir unser Lieblingsspiel. Ich kroch unter den Teppich vor Cleos Liegestatt, zwinkerte schelmisch darunter hervor, und sie rollte mich wie eine Dattelfrucht in das kostbare Stück aus Syrien ein. Im Vertrauen gesagt – ein ziemlich albernes Spiel, aber Cleo macht das solchen Spaß, daß ich nicht kneifen kann.

Jetzt ist sie fort, und ich streiche ratlos durch die endlosen Gänge. Eine königliche Katze ohne Königin, Hatschi ohne Cleo, das ist . . . ja, das ist fast die achte Plage Ägyptens.

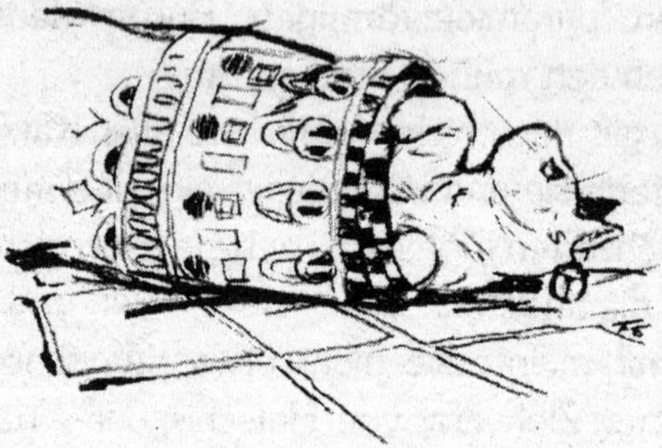

Ein langer, öder Sommer

Natürlich würden sie gern ihre Wut an mir auslassen, Klein-Ptolemäus und Genossen. Weil Cleo ihnen entwischt ist und das Volk nicht jubelt wie erwartet und sie dauernd die falschen Leute umbringen und ich ein lebendiges Souvenir an die Königin bin. Cleos andere (weit weniger) kostbaren Souvenirs haben sie schon vernichtet, beziehungsweise weiterverschachtert: ihre Armreifen und Gürtelschließen und Salbentöpfe mit dem Zeichen des Ibisvogels. An mich jedoch wagen sie sich nicht heran. Die löwenköpfige Göttin Bastet könnte sich ja rächen, und ihre Rache ist grausam.

Einmal versuchte Pothinius, der widerlichste von allen, mir sein klobiges Bein zu stellen. Da habe ich ihm aber – bei meiner unsterblichen Seele – sorgfältig geschärfte Krallen und ein makelloses Gebiß gezeigt. Humpelt jetzt noch, die Kanaille.

Das einzige Mal, daß ich aus meiner Schwermut erwachte. Halt – genau genommen gab es ein zweites Mal. Für eine kurze Stunde verschenkte ich mich an Efru, dienstältester Kater im Palast. Ist zwar ein Knochengerüst (wenn auch mit Fußkettchen) und sabbert fürchterlich beim Essen, aber sonst steht er durchaus seinen Mann.
Der schlagende Beweis: zwei Kinderchen, die mich umwieseln. Sabbern zwar auch – ganz der Papa – und klappern mit ihren dünnen

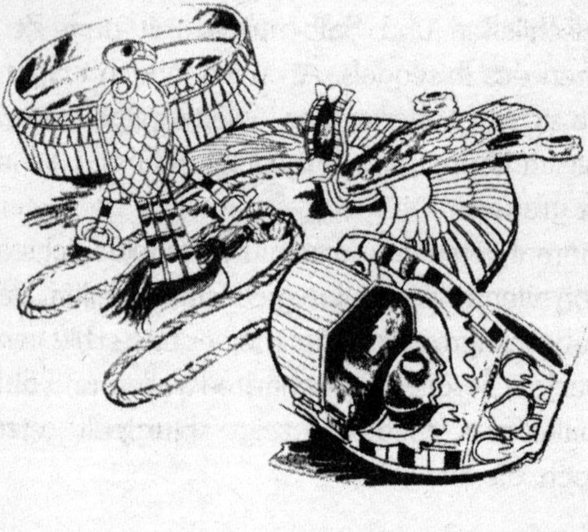

Knöchelchen, doch wenigstens bin ich nicht allein. Gemeinsam langweilen wir uns durch den Sommer.

Cäsar tritt auf den Plan

Die Ereignisse überschlagen sich. Pothinius, der Humpelfuß, ist in die Flucht geschlagen, die übrige räuberische Bagage sitzt hinter dicken Mauern, Klein-Ptolemäus hat sich in sein Spielzimmer zurückgezogen und lutscht hilflos und beschämt Daumen. (War wohl doch keine so großartige Idee, gegen Cleo zu intrigieren?) Ein neuer Herr regiert jetzt im Haus. Es ist der berühmte Cäsar, ein nicht sehr junger, nicht sehr großer, ganz und gar nicht liebenswürdiger Mann mit kohlrabenschwarzen Augen und einer mächtigen Glatze.

Der kann vielleicht kommandieren! Wenn er nur mit den Augen rollt oder nervös mit den Fingern schnippt, dann flitzen sie wie die Spitzmäuse, seine Soldaten und unsere Sklaven. Mit Katzen hat er bedauerlicherweise nicht viel im Sinn, eher schon mit Frauen. Für zwei Nächte hat er die hübsche Iras in sein Bett geholt, hinterher mußte sie gleich mehrere Tage ihr eigenes hüten. Wenn das Cleo wüßte! Neuerdings hält sie doch so auf Moral. Komisch, seit Cäsar da ist, redet keiner mehr von Cleo. Sie scheint vergessen, abgelegt in einen Sarkophag wie der große Alexander. Langsam verschwindet auch der Duft ihres Moschusparfüms aus dem Palast, dafür stinkt es bestialisch nach Leder. Aus einem ehemaligen Lusttempel ist ein richtiges Heerlager geworden.

Schlaflose Nächte

Ein echter Saufbold, dieser Cäsar! Hat eine Nase rot wie ein Glühwürmchen und zittert mit den Händen wie ein Greis. Mag sein, daß beides auch von zu wenig Schlaf herrührt. Drei Stunden höchstens erschüttert er die Wände mit seinem Schnarchen, dann höre ich ihn rastlos durch die Räume wandeln. Murmelt dauernd etwas von Eroberungen, einmal erwähnte er auch Cleo. (Allerdings nannte er sie „männerverschlingende Heuschrecke" und „unreifes Gör", was ich – seine Verdienste in Ehren – als reichlich despektierlich empfand. Wer schimpft ihn denn einen garstigen alten Mann?!)
Nebenbei interessiert er sich brennend für Antiquitäten, ägyptische selbstverständlich. (Rom scheint erschreckend neureich zu sein.) Seine Soldaten haben Befehl, alles heranzuschleppen, was ihnen in die Finger fällt: Weinkrüge (alte und neue, volle und leere), Tonge-

fäße, Katzen(!) aus Bronze, buntbemalte Brokken von Wandfresken. Ein Glück, daß der Grabtempel meiner seligen Namenspatronin Hatschepsut in einen Felsen gebaut ist, sonst würde er sich den auch noch unter den Nagel reißen.

Jetzt wünscht er sich einen Teppich, so einen wie vor Cleos Liegestatt. Den kriegt er aber nicht, und wenn er sich senkrecht auf die Glatze stellt! Alle vier Samtpfoten artig untergeschlagen, sitze ich auf dem Bettvorleger und mache mein berühmtes Sphinxgesicht. Hatschi – die Hüterin heiliger Stätten.

Das Geheimnis des Teppichs

Da meldet sich ein Nubier mit einem Teppich aus Syrien. Ohne Leibesvisitation darf er die Wache passieren, wird eilig in Cäsars Privaträume geschleust. Cäsar will – ein Befehl – mutterseelenallein sein, wenn er die Beute begutachtet. Daß ich mich zwischen den ebenholzfarbenen Nubierbeinen ins Zimmer geschlichen habe, entgeht seinem Feldherrnblick. So fiebert er vor Begierde.
Der Teppich wird entrollt, der Nubier tritt zurück, Cäsar tritt nach vorn, und dem Teppich entsteigt – ich glaub', mich tritt ein Elefant! –

Cleo, meine Cleo. Zwar immer noch in Knabenkleidung und auch sonst ziemlich verlottert, doch unverkennbar die schöne Herrin vom Nil.

So ein Wiedersehen muß gefeiert werden. Wie eine Rose ranke ich mich an Cleos Gazellenkörper empor, reibe meinen Kopf an ihrer staubigen Nase, brumme und summe wie ein ganzer Bienenschwarm. Wer mich enttäuscht, ist Cleo. Statt in Entzückungsrufe auszubrechen und ihr Herzallerliebstes an sich zu drücken, hält sie den männermordenden Blick unverwandt auf Cäsar gerichtet. Gerade daß sie sich noch zu einem „Brav, Hatschi, brav, brav" aufrafft.

Natürlich brav! Den Trick mit dem Teppich hat sie ja schließlich von mir.

Liebe in Potenz

Sie trinken unzählige Krüge Wein miteinander. Sie halten sich an den Händen und lassen sich nicht mehr los. Ehrlich – so etwas von Verliebtsein habe ich überhaupt noch nicht erlebt. Dagegen war ja meine Affäre mit Rheuma eine matte Sache, lauwarm wie Regenwasser, wie ... (lassen wir das). Klar, daß bei soviel Engagement von seiten meiner Herrin nicht gerade viel Zeit für mich übrigbleibt. Schmusen gleich Null. Und das nach so langer Abstinenz! Ich schmolle.
Um nicht total im Frust zu ersticken, lache ich mir auch einen Liebhaber an. Er heißt Rada-

mes und ist vier Jahre jünger als ich, ein schmucker Kerl mit dem Kopf voller Firlefanz und höchst ansehnlichen Muskeln. Gerade haben wir Geschmack aneinander gefunden (der legt sich vielleicht ins Zeug!), da kommt der Befehl von oben: „Ab aufs Schiff!"
Ich schmolle stärker. Ausgerechnet jetzt und wo ich doch das Geschaukel nicht ausstehen kann. Aber Cleo bleibt hart. Sie will ihre Schoßkatze bei sich haben, wenn sie sich auf große Schaufahrt den Nil aufwärts begibt. Ist andererseits auch wieder verständlich.

Gesegnete Zustände

Dieses Prachtweib Cleo! Hat sie doch – zugegeben mit Cäsars Hilfe – alles erreicht, was sie sich in ihr ehrgeiziges Köpfchen gesetzt hat. Ist nicht nur Königin, sondern auch noch Göttin. Niemand macht ihr die Ehre streitig: Pothinius und seine Verbrecherbande sind unschädlich gemacht, Klein-Ptolemäus liegt ertrunken im Nilschlamm. Auf seinen Platz ist ein noch mickriger, noch jüngerer, aber wesentlich weniger intriganter Bruder nachgerückt. Cleo übersieht ihn geflissentlich.

Um Cleos ganze Macht und Herrlichkeit (wie es ein Dichter beschrieb: sie leuchtet mit dem

Sonnengott Amun-Ra um die Wette) landauf, landab zu demonstrieren, findet dieser Triumphzug zu Wasser statt. Man muß die Leute zum Staunen bringen, meint Cäsar (der laut Cleo immer recht hat). Na ja. Der ganze Hofstaat muß mit, an erster Stelle ich. Ja, ja, auf einmal braucht die Treulose wieder etwas zum Drücken und Schmusen und Kosen. Und wissen Sie, warum? Weil sie schwanger ist. Ein Schicksal, das sie mit ihrer Schoßkatze teilt.

Eine Nilfahrt, die ist lustig

Trotz Geschaukel und Geschlingere – an die Nilfahrt denke ich gern zurück. Wir hatten eine angenehme Zeit miteinander, Cleo und ich, fast wie in unseren ganz frühen Jahren. Zwar war Cäsar in der Nähe, doch hielt er sich zurück. Beugte sich nur immer wieder über seine Geliebte, meine Herrin, die mit üppigen Rundungen auf seidenen Kissen ruhte und Pfefferminztee schlürfte, und wühlte in ihrer Haarpracht. Wandte er sich dann ab von Cleo, wurde sein Blick wieder eisenhart. Ein komischer Typ, dieses angebliche Weltgenie.

Unser Schiff war groß wie ein Königspalast, mit Innenhöfen, Kolonnaden, Bankettsälen,

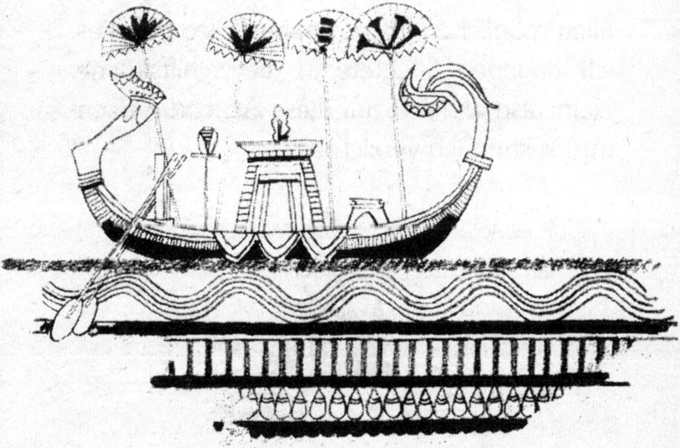

Altären (griechischen, römischen, ägyptischen), alles aus Zedernholz und üppig mit Blattgold verziert. Vorwärts brachten dieses Monstrum viele Reihen von Ruderern, deren Rücken – ich beobachtete es fasziniert – sich von Tag zu Tag mehr krümmten. Hinter, vor und neben unserem Schiff schwamm eine Flotte von anderen Schiffen und Booten, alle jedoch viel weniger prächtig als das unsere, Begleitvolk eben. Weiteres Volk drängte sich am Ufer, es winkte und klatschte und spielte zu Ehren der beiden werdenden Mütter auf allen möglichen Instrumenten. Cleo gefiel es, ich dagegen flüchtete in die Schiffsküche. Nein, also wirklich, auf diese Art von *Katzen*musik kann ich verzichten.

Kinderstube – so und so

Cäsarion, Cleos Sohn, wurde in einer Vollmondnacht geboren, drei Stunden bevor ich niederkam. Das Herzchen sah ganz aus wie sein Vater, uralt, glatzköpfig und griesgrämig, während meine fünf muskulösen Kleinen richtige Racker waren (also auch wie ihr Vater).

Cleo bekam Mohnsaft bei der Geburt, damit sie nicht so wimmerte, um meine Leiden kümmerte sich niemand. Dafür haben es meine Kinder viel besser als der Welterbe, dürfen in Cleos Baderaum herumkugeln und ihre Sandalen verschleppen, was nicht einmal ihren älteren Geschwistern erlaubt war. Cäsarion dagegen – nun, der hat schon Pflichten wie ein Erwachsener. Wird im zarten Alter von drei Wochen in eine Pharaonenrobe gesteckt und bei Gluthitze im Isistempel symbolisch gekrönt. Wie wild nagte er an dem Schlangenszepter herum (ich nehme an, er hatte Hun-

ger). Das gefiel seiner Mutter, meiner machtgierigen Herrin, die für ihren Wundersohn Allergrößtes vorhat, als nächstes strebt sie ein römisch-ägyptisches Weltreich an. Cäsar kann das Thema schon nicht mehr hören. Um sich einige Zeit von ihr zu erholen, plant er eine Reise nach Rom. Dort wartet, wie es heißt, unter anderem eine rechtmäßige Ehefrau auf ihn. Seine ägyptische Familie soll später nachkommen. In dieses Barbarenland?! Ich richte mich auf das Schlimmste ein.

Nächtliche Beichte

In der Abschiedsnacht hatte das Liebespaar Krach miteinander. Cleo spielte die Eifersüchtige. Verlangte mit komisch hoher Stimme zu wissen, wie viele Frauen Cäsar im Laufe seines langen Lebens so geliebt hätte. Nach einigem Zögern rückte er mit etwa tausend heraus, Kriegsprämien und Gastgeschenke inbegriffen. Ich machte unter dem Liebeslager große Ohren. Dort hielt ich mich jetzt immer versteckt, um der lästigen Augenbinde zu entgehen.

„Und Knaben?" wollte Cleo mit noch höherer Stimme wissen. Die Zahl tausend lag ihr anscheinend schwer im Magen.
„Oh, das ist zu lange her", drückte sich Cäsar vor einer Antwort. Flugs drehte er den Spieß herum und wollte nun seinerseits hören, wie viele Liebhaber es denn bei der prüden Cleo gewesen seien. Einer, zwei ...? Ich hielt den Atem an. Sie würde doch nicht ...!
Aber nein, meine Cleo ist klug, selbst in den Armen eines Mannes. „Einer", zirpte sie nach

einer kleinen Weile, „auch ein Römer." Wie ich sie kenne, wurde sie nicht einmal rot dabei. Jetzt brach der Krach erst richtig los. Cäsar wütete. Ausgerechnet ein Römer, schnauzte er. Ja, wäre denn keine Römertoga sicher vor ihr? So ging es endlos hin und her, bis Cäsar schließlich erschöpft losschnarchte. Cleo dagegen lag noch lange wach. Ich nehme an, sie zählte die tatsächliche Zahl ihrer Liebhaber zusammen. Das brauchte Zeit.

Rom – ewig schreckliche Stadt

Cäsar reiste ab – Cäsar ließ nichts von sich hören – Cleo raste – Cäsar schickte einen Boten – Cleo strahlte – Cäsarion greinte (die ersten Zähne!) – wir packten.
Ersparen Sie mir die Beschreibung der endlosen Strapazen, bis wir Rom endlich erreich-

ten – eine äußerst farbenprächtige Tragödie! Cäsarion schrie sich dunkelblau, während meine Herrin – nun, die leuchtete unter ihrer dicken Schminke kreideweiß. Vor Nervosität und wohl auch vor Heimweh.
Ich kann's ihr nachfühlen. Niederdrückend, dieses Rom! Eine Ansammlung von kahlen, vielstöckigen Gebäuden, dazwischen Säulen, den griechischen Tempeln nachgemacht, dazu der Schmutz auf den Straßen und dann dieser Gestank! Nach Abfällen und fauligem Wasser. Das Schlimmste aber: Katzen werden hier wie die letzten Hunde behandelt. Schleichen verschorft durch die Gassen und wühlen

im Straßenschlamm nach Essensresten. Und so etwas nennt sich nun fortschrittliche Republik?! Da lobe ich mir doch unser straff geführtes Königreich!
Als ich einem römischen Katzenkollegen per Zufall in unserem Garten begegne, macht er einen erschrockenen Satz hinter eine Zypresse.
Ich muß ihm wie eine geheimnisvolle Schöne aus dem Morgenland vorgekommen sein. Womit er direkt ins Schwarze traf.

Gespannte Verhältnisse

Wir wohnen in einer weißen Villa am Tiberufer – nicht zu vergleichen mit unserem Palast daheim in Alexandria. Keine üppigen Teppiche, keine pikanten Mosaikdarstellungen an den Wänden, kein wollüstiger

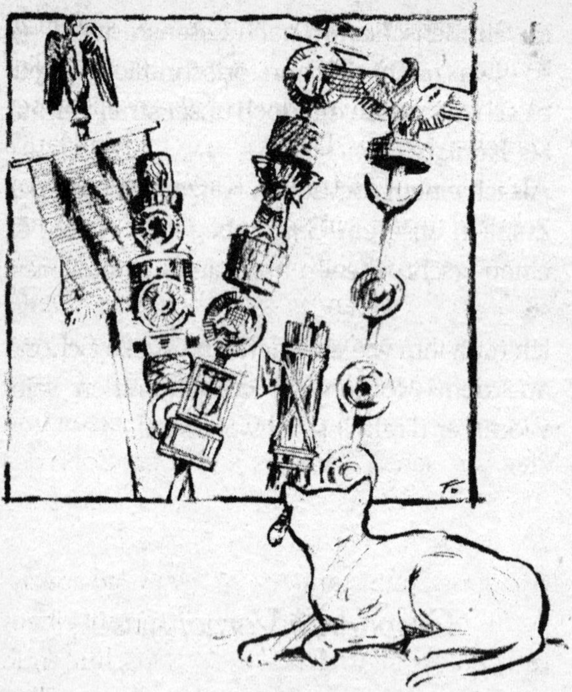

Parfümduft – nichts, alles höchst steril. Gut, wenigstens sind Sklaven und Pferde und Essen und Trinken in Mengen vorhanden. Die Römer geben sich redlich Mühe, aber – tut mir leid – die alte Kultur fehlt eben überall.

Cäsar ist – zu Cleos Kummer – selten zu Hause. „Der Senat, der Senat", entschuldigt er sich mit einem merkwürdigen Wackeln seines alten Kopfes. Und wenn er mal zu Hause ist, schlingt er Dutzende von gerösteten Brotscheiben in sich hinein, schluckt mehrere Liter Wein oder schläft. Die Zeiten der Flitterwochen scheinen endgültig vorbei. Dafür macht sich neuerdings an Cleos Seite ein gewisser Brutus *mausig.* Nennt sich Cäsars Patensohn, dabei pfeifen es die Spatzen von den römischen Dächern, daß er ein Sohn des alten Tatterichs ist. Sieht ihm auch haargenau ähnlich, viel mehr noch als Cäsarion.
Mit diesem arroganten Typ geht Cleo spazieren, schiebt stundenlang Klötzchen auf einem Holzbrett hin und her, führt tiefschürfende Gespräche. Nur ihre Pläne, die wälzt sie allein (beziehungsweise in ihren meist einsamen Nächten mit mir). Ihr neuester: Cäsar muß römischer König werden.
Warum nicht gleich römischer Gott?

Wiedersehen macht Ärger

Ich ahnte es doch – Rom steckt voll finsterer Überraschungen. Aber daß es gleich so dick kommen muß! Fällt mir doch gestern aus heiterem Himmel dieser bocksbeinige Flegel Mark Antonius ins Auge. (Sie erinnern sich? Der, welcher eine Katze am liebsten im Tiber schwimmen sieht.) Allerdings hatte er sich erheblich gemausert: Seine Beine waren rasiert, und ganz so nach Schweiß roch er auch nicht mehr.

Das Wiedersehen war einseitig. Mark Antonius sah mich nicht, während ich ihn durch ein präpariertes Loch in Cleos sonnengelbem Chiton erspähte. An ihrem göttlichen Busen hielt ich mich verborgen, um gemeinsam mit Cleo und ihrem aufgeputzten Herrn Sohn Cäsars Triumphzüge zu beäugen. Drei volle Tage dauern sie an, einer davon ist der angeblichen Eroberung Ägyptens gewidmet. Ziemlich geschmacklos, wie Cleo und ich finden, aber tue etwas gegen Cäsars Wahn! Nein, nein, jetzt ist er einmal an der Reihe, sich feiern zu lassen, raunzt er dickköpfig. Typischer Fall von Altersstarrsinn!

Wie ein strahlender Jüngling sieht er auch nicht gerade aus, als er in einem goldenen Triumphwagen heranrollt, den Siegeskranz tief in die Glatze gedrückt. Wenigstens weiß er, was sich gehört, hält genau gegenüber uns dreien und verbeugt sich, die Hand pathetisch aufs Herz gedrückt.

Durch die Menge geht ein Staunen. Am meisten staunt Calpurnia, Cäsars Frau, die

dick eingeschnürt einige Reihen hinter uns sitzt. Wütend tuschelt sie mit Brutus. Mark Antonius, dieses charakterlose Mannsbild, aber kann sich auch nur wundern.

Süßes Leben à la Rom

Rom kommt aus dem Feiern gar nicht mehr heraus. Erst waren es die Triumphzüge, dann die Hinrichtungen der Feinde (mit Freiwein im Rinnstein und gebratenen Ochsen), schließlich die perversen Spiele im Amphitheater. (Brutus nennt sie Katz-und-Maus-Spiele, aber dagegen verwahre ich mich. Wir laden dazu schließlich keine Zuschauer, oder?) Über der ganzen Stadt hängt ein Blutgeruch, der die Hitze noch schlimmer macht. Oh, wie ich unsere kühle alexandrinische Brise vermisse!

Cleo kehrt schlechtgelaunt von so einem Schlachtfest zurück. Sie hat Kopfschmerzen und zankt sich mit Cäsar, der sie gegen ihren Willen in Marmor hauen ließ. Die Statue ist für den neuen Venustempel bestimmt. „Und das soll ich sein? Ich erkenne nur eine Kurtisane." Cäsar malmt mit den morschen Kiefern, er ärgert sich. Unwirsch reißt er seinen Sohn aus dem Schlaf. „Mama, Mama", schluchzt der müde Balg und wackelt auf die Statue zu. Cäsar malmt noch immer, diesmal zufrieden, Cleo dagegen schäumt. Gerade will sie zu einer längeren Standpauke ausholen, da wendet sich das Blatt, und Cäsar beginnt zu schäumen. Aber im wahrsten Sinne des Wortes. Gischt tropft ihm aus dem Mund, er poltert zu Boden und verdreht die Augen wie ein geopferter Hammel. Also, intelligent sieht er in dieser Position nicht gerade aus.

Neugierig schleiche ich näher. Der Welt größter Feldherr, hilflos wie ein Baby! Ein unvergeßlicher Anblick!

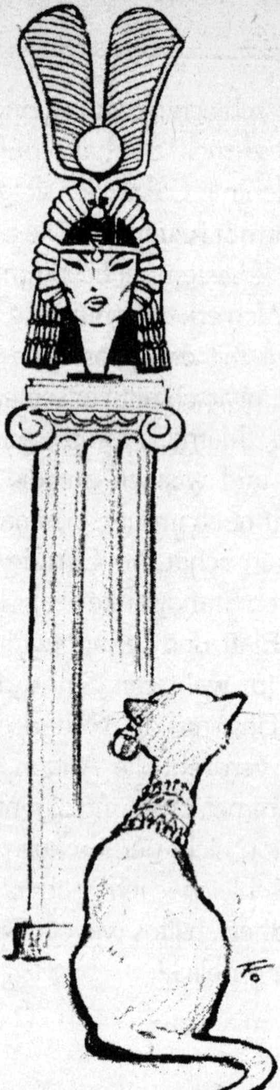

Vielgeliebte Cleo

Hat meine schöne Herrin doch das Kunststück fertiggebracht, den römischen Plebs für sich zu begeistern. Ja, ja, wie ich immer sage, gegen ägyptischen Charme ist kein Kraut gewachsen. (Auch ich erlebe es auf Schritt und Tritt. Dauernd will mich einer dieser Hungerleider von Tiberkatern vergewaltigen. Aber Rassenschande? Kommt nicht in Frage!) Ganz Rom liegt Cleo zu Füßen, wie sie sich frisiert und was sie anzieht, ist am nächsten Tag große Mode. Nur die Schoßkatze mit Ohrring, die hat ihr noch niemand nachgemacht. Ich bleibe ein Unikat.

Darum umschleichen sie mich auch mit tiefem Respekt, all die Philosophen und Staatsmänner und Künstler mit ihren Frauen und Geliebten, wenn sie Cleos berühmte griechische Nachmittage besuchen. Was da (nach endlosen Dichterlesungen) für Klatsch dahergeredet wird, nicht zu fassen! Daß Cäsar seine

Calpurnia heimlich besucht hat und Fulvia, des Mark Antonius' Frau, ihre Liebhaber wie die Tuniken wechselt und Antonius im Schlaf von Cleo spricht ... Mir klingen richtig die Ohren.
Cleo aber lächelt nur. Schwebt herum, reicht Feigenkonfekt und zeigt beharrlich ihre spitzen Mausezähnchen. „Das bin ich Cäsar schuldig", so erklärt sie mir das. „Was er an Gunst verspielt, muß ich gewinnen."
Weit ist es mit der Königin vom Nil gekommen.

Ab nach Alexandria!

Manchmal lassen einen die Götter ewig schmoren ... In meinem Fall waren es zwei volle Jahre, die mir – ich gestehe es beschämt – die ersten grauen Haare einbrachten (Cleo zupft sie sorgfältig aus). Doch die Warterei hat sich endlich gelohnt: es geht heim nach Alexandria.

Was passiert ist? Cäsar gibt es nicht mehr, er wurde erstochen im Senat, unter anderem von seinem geliebten Brutus. Das hat er nun von seiner blinden Arbeitswut und seinem blinden Vertrauen. Cleo weint sich die Augen aus, was ich für ziemlich überflüssig halte, denn erstens werden sie nicht schöner davon, und zweitens war er in letzter Zeit einigermaßen ekelhaft zu ihr, der epileptische Mummelgreis. Lief nur noch mit seinem zerfledderten Lorbeerkranz und Weinflecken in der Toga herum, spielte den Größenwahnsinnigen, schikanierte die Familie. Kein Wunder, daß ihm niemand die Krone anbot, dafür jede Menge Dolche. Jetzt müssen wir alle zusammenhalten, ich und Cleo und Cäsarion und Iras und wer sonst noch alles ägyptisch ist (der namenlose Bruder scheidet aus, er starb an der sogenannten ägyptischen Krankheit. Oder war es Gift?). Wir sollten uns vor dem aufgewiegelten Mob in acht nehmen und fest zusammenhalten. Aber was tut Cleo? Verbündet sich mit meinem Erzfeind Mark Antonius und sieht ihm tief in die lüsternen Augen, bevor sie das Schiff Richtung Heimat besteigt. Dabei ist nicht er der Nachfolger Cäsars, sondern Cäsars Neffe Octavian.

„Wir sehen uns bald wieder", ruft er ihr nach. Ich glaube nicht recht zu hören. Und wie reagiert Cleo? Sie nickt mit wohlwollendem Einverständnis.

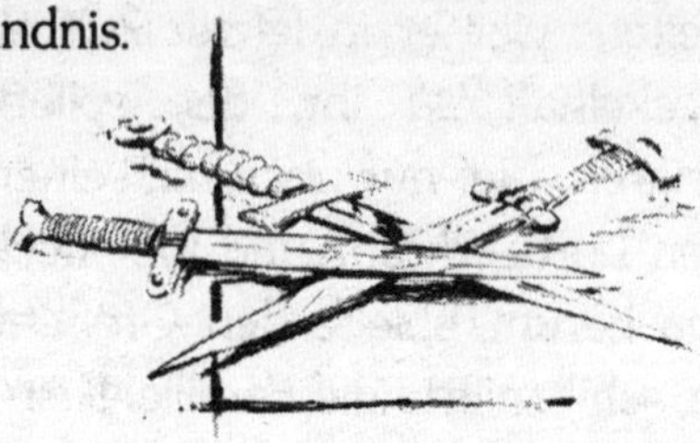

Verdammte Pest!

Kaum zurück in Alexandria, wo ich quasi über Nacht zu neuer (will sagen: meiner alten) Schönheit erblühe, mache ich mich schleunigst daran, mein brachliegendes Liebesleben wieder aufzunehmen. Zwei Jahre Sexpause – das hält ja die kaltblütigste Katze nicht aus (und erst eine von meinem Temperament!). Wäre nicht meine feine Erziehung, ich hätte so manchesmal Stücke aus meinen seidenen Kissen gefetzt, mich in Cleos schlanke Fesseln verkrallt. So aber zügelte ich notgedrungen meine Leidenschaft.

Doch – was ist das? Ramses, Efru, die vorwitzigen Drillinge aus dem Judenviertel, Phnoe, der hinkende Teufel – alle fort, wie vom Erdboden verschwunden. Beziehungsweise, wie sich rasch herausstellt, liegen mit aufgedunsenen Bäuchen und glasigen Augen in den Straßen umher. Verdammte Pest! Im wahrsten Sinne des Wortes. Ja, ja, mein geliebtes Alexandria wird derzeit böse von den Göttern heimgesucht. Das kommt davon, wenn sich die Herrscherin pflichtvergessen in Rom amüsiert. Drei Viertel der Menschen und sieben Achtel der Katzen mußten bereits daran glauben. Und jeden Tag werden es mehr.

Um mich anderweitig abzureagieren, scheuche ich ein bißchen die fetten Ratten, die

sich überall im Palast breitgemacht haben. Doch da schreit Cleo gellend: „Nicht, Hatschi, nicht!“ Sie zittert um ihren Liebling, der sich infizieren könnte. Balsam für meine Seele.

Warten auf ein Wunder

Cleo macht mir Kummer. Einst eine vielgerühmte Schönheit (wenn auch mit zu langer Nase), welkt sie nach Cäsars Tod still vor sich hin. Das Haar fällt ihr aus, das kleine, schmale Gesicht wird noch kleiner und schmaler und blasser. Was Männerlosigkeit doch alles bewirken kann! (Im Vertrauen gesagt – auch ich stelle einige, wenn auch unbedeutende Veränderungen an mir fest. Meine Taille hat sich sanft gerundet, und neulich sprach mich ein Küchensklave auf mein mehlweißes Schnäuzchen an. Was er mit

einem Kratzer quer über seine vorlaute Lippe bezahlte.)

Um sich abzulenken, steigt Cleo in ein Bad aus Mandelmilch und Rosenöl. Das soll Röte in die Wangen bringen und die Haut zart machen wie Katzentätzchen, schwört Gnäa, die von Kosmetik viel versteht. Lustlos plätschert Cleo in der Zauberbrühe herum, eine schaumgeborene Venus, der es an Bewunderern mangelt. Um sie zu trösten, nehme ich auf

ihrer Schulter Platz, ringle mich dekorativ um den weißen Hals. Zwei einsame Schöne, die auf ein Wunder hoffen.
Das Wunder kommt ... ach nein, es ist nur eine Sklavin. Fällt ihrer nackten Königin zu Füßen und überbringt eine Nachricht. Der Inhalt: Mark Antonius, das Bocksbein, besteht darauf, die Herrscherin Ägyptens in Tarsos zu treffen.
Im Nu geht mit Cleo eine Verwandlung vor. Sie klatscht in die Hände, kichert wie ein Schulmädchen, wird über und über rot. Hat das Rosenöl so schnell gewirkt?

Schmierentheater

Cleo schmiedet kindische Pläne. Wenn Mark Antonius schon nach ihr verlangt, dann sollen ihm bei ihrem Anblick auch die Augen übergehen (als wenn er nicht schon so genügend glotzen würde!). Mit allen Schätzen Ägyptens will sie ihn blenden, den armseligen Krieger und Proleten. Davon verspricht sie sich einiges für die Zukunft.

An einem sonnenüberglänzten Abend ist es dann soweit: Sechshundert Schiffe legen im griechischen Tarsos an, das größte und schönste davon dick mit Rosen bestreut. Leider ist das Heck kein Katzenkopf, sondern nur ein riesiger Elefantenschädel, dessen goldener Rüssel in den Himmel stößt. Zugegeben – er wirkt recht imponierend. Weniger imponierend als vielmehr albern finde ich dagegen die Steuerleute, die in kreischroten Gewändern auf dem Deck herumwimmeln. Feuervögel! Daß ich nicht lache! Sind mir mein Leben lang

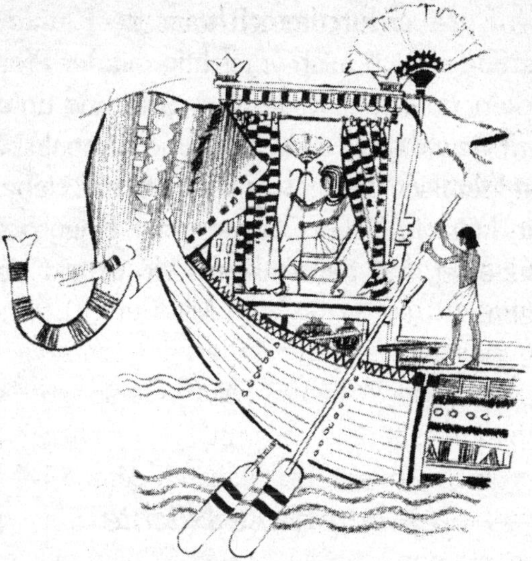

nicht unter die Krallen gekommen, solche Flattermänner. Aber Cleo besteht darauf. Sie selbst spielt die Aphrodite. Lagert malerisch in einer Muschel und kann das Gesicht vor lauter Zopfgeflecht nicht bewegen (ich nehme an, ein Teil der Kopfhaut steckt mit drin). Da bin ich ja mit meiner doppelreihigen Perlenkette um den Hals noch gut bedient.

Wenn er auch fürchterlich kratzt, der Klunker. Gerade will ich mich vorsichtig mit der Pfote jucken, da ertönt wildes Geschrei, und unter dem Gewimmere von Flöten und Zymbeln betritt Herakles das schwankende Schiff. Neben mir knirscht Klein-Cäsarion, als Kriegsgott verkleidet, mit den Zähnen. Ihn drückt der Helm.

Sieben heiße Nächte

Zum Festmahl – mit Muscheln gefüllte Zicklein, in Honig gegarter Fisch, allerliebste Täubchen, geröstet und gesotten – dürfen wir gerade noch bleiben, dann verlangt Aphrodite, mit diesem Herakles (Sie haben es erraten, natürlich verbirgt sich das Bocksbein Antonius dahinter) allein zu sein. Cäsarion, der murrt, bietet sie eine Ohrfeige an, mir, die ich nur gelangweilt gähne, winkt sie mit einer uralten Augenbinde. Da kann ich nur abermals gähnen.

Ein Bankett folgt dem anderen, mit immer üppigeren, immer appetitlicher duftenden Menüs, immer neuen Blumenteppichen, immer jüngeren Sklavinnen in immer durchsichtigeren Gewändern, immer wertvolleren Gastgeschenken (wozu auch die Sklavinnen gehören) – sieben Nächte lang. Unter griechischem Sternenhimmel fährt Cleo den ganzen mühsam zusammengekratzten Reichtum ihres Landes auf, tut alles, um ihrem Bocksbein zu imponieren. In der letzten Nacht – sie

kaut schon vor Nervosität Fingernägel – wirft sie sich dann höchstpersönlich in die Waagschale.

Das gibt den Ausschlag. Mark Antonius, nur noch mit einem Leopardenfell bekleidet, ist von Aphrodite plus unzähligen Gallonen Samoswein derart berauscht, daß er lallend verspricht, nach Alexandria zu kommen. Er will sich erstens um Cleos persönliches Wohl und zweitens um die Geschicke Ägyptens kümmern. Na, denn Prost!

Oh, Cleo!

Haben wir das nicht schon einmal gehabt? Schwüle Nächte und Unmengen von Wein? Nur sind seit dem wilden Geturtel damals mit Cäsar ein paar Jährchen ins Land gegangen. Cleo ist inzwischen, vorsichtig aus-

gedrückt, eine reife Frau (auch Göttinnen altern). Trotzdem bildet sie sich ein, nochmals die große Liebe zu erleben. Typischer Fall von Torschlußpanik.
Sie albern herum wie Zehnjährige. Antonius zeigt seiner Geliebten, wie man ein Pferd besteigt und damit die kostbare Saat zertrampelt, und Cleo bringt ihm bei, im Meer zu schwimmen. Ich beäuge die neckischen Wasserspiele kritisch aus der Distanz. Wenn der Kerl so blöd ist, im nassen Element wie ein Kindskopf herumzutoben – bitte sehr! Sein Problem. Viel ist an dem schmuddligen Lockenkopf sowieso nicht zu verderben.
Aber was ist das? Eine neue Variante im Liebesspiel? Wie eine Ertrinkende klammert sich Cleo an den haarigen Römerarm, ihr Gesicht erscheint unter der Sonnenbräune sehr blaß. Sie würgt.
„Wer bei Jupiter hat dich vergiftet?" brüllt Antonius – dieser Idiot! – in meine Richtung. „Führt mir alle Köche in Ketten vor."
„Aber nein doch, Mark Anton, nein", besänf-

tigt ihn Cleo. Verlegen nestelt sie an ihrem triefendnassen Obergewand, unter dem sich deutlich der Busen wölbt. Heilige Hathor, Göttin mit den Kuhohren! Meine Herrin ist wieder schwanger.

Doppelte Überraschung

Diesmal muß sie die Sache allein durchstehen, ich kann Cleo nicht helfen. Wäre ja auch direkt peinlich, im stattlichen Katzenalter von bald vierzehn noch einmal Mutter zu werden. Nein, nein, jetzt sind Jüngere dran. Außerdem – ich gestehe es offen – es fehlt der Vater.

Wäre das bei Cleo doch bloß auch so gewesen! Ihr Zustand nimmt sie mehr mit, als sie zugeben will. Träge schleppt sie sich durch die Hitze, läßt sich von Gnäa stundenlang mit Straußenfedern bewedeln, befragt Dutzende von Astrologen (für viel Gold) nach ihrem Geschick. Na klar, sie hat Angst, diesen Barbaren zu verlieren. Wenn Sie mich fragen, so hat sie das längst. Kaum hat Antonius nämlich von der „freudigen Nachricht" gehört, ist er Hals über Kopf nach Rom abgereist, angeblich, um Octavian zu treffen. Wenn das mal bloß keine Octavia ist!

So erfährt er erst nach Wochen, daß er Vater von Zwillingen geworden ist. Ja, Cleo hat diesmal gleich zwei Junge geboren, ein weibliches und ein männliches. Während die Tochter meiner schönen Herrin wie aus dem Elfenbeingesicht geschnitten ist, entpuppt sich der Sohn als das Abbild seines Vaters.

Werde ich denn diese Kanaille niemals los?

Schock auf Schock

Natürlich, es war eine Octavia. Habe ich es nicht gleich gesagt? Octavia, die Schwester von Octavian, und dieser Verräter Antonius hat sie – halten Sie sich fest – *geheiratet*. Cleos Schwächeanfall ist nicht gespielt, als sie einen Brief von ihm bekommt. Hilfesuchend an mich geklammert, liest sie laut vor sich hin: „Ich schwöre dir, diese Heirat ist reine Ver-

nunft, Vernunft, um dein (unser) schönes Ägypten vor Octavians Zugriff zu bewahren. Manchmal muß man eben – besonders als Römer – mit den Wölfen heulen, hahaha. Tradition verpflichtet. Meine Gedanken aber weilen einzig bei dir, bei Cleopatra Selene und Alexander Helios."
Schöne Vernunft! Ein Jahr später bringt Octavia eine Tochter zur Welt. Von Rückkehr oder verzehrender Sehnsucht kann wohl kaum die Rede sein. Im Gegenteil, Antonius amüsiert sich noch dazu munter in der ganzen Welt herum. Hat die Herrin vom Nil das nötig?

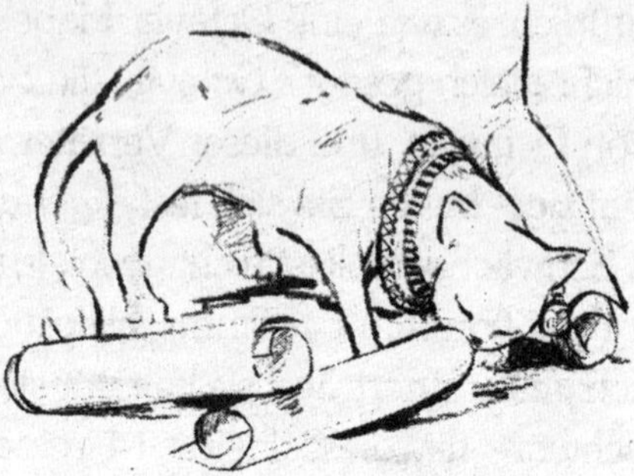

Zwei auf dem Leuchtturm

Anscheinend. Denn statt diesem widerlichen Menschen endlich, so wie es ihm gebührt, Riesenhörner aufzusetzen, wird Cleo sentimental. Pilgert Abend für Abend zum

Leuchtturm Pharos hinaus, um sehnsüchtig Ausschau nach einem gewissen roten Segel zu halten. Vier volle Jahre lang. Ihre Kinder werden größer, der Nil tritt ordnungsgemäß über die Ufer, Ägypten blüht und gedeiht, auch Kater gibt es wieder an allen Ecken, doch die Königin schaut und schaut.
Was bleibt mir anderes übrig, als das gleiche zu tun?

Rache ist süß

Das Ausschauhalten hat sich letztendlich gelohnt: Mark Antonius ist zurückgekehrt. Ebenso plötzlich, wie er verschwunden ist. Im ersten Moment habe ich ihn gar nicht erkannt, so fett ist er geworden. Fett und unansehnlich. Wie ich immer sage: Was einer ist und woher einer kommt, wird im Alter erst richtig deutlich. Wofür ich das beste Beispiel bin.

Cleo spielt zu meiner Freude die Kühle. Nein, nein, so schnell verzeiht eine Königin nicht, dazu waren die Nächte auf dem Leuchtturm zu zahlreich (und zu zugig. Ich leide jetzt noch an Ischias in der linken Hinterpfote.) Die Wimpern mit geschwärztem Wachs künstlich verlängert, den Hals hinter taubeneiergroßen Rubinen versteckt, schaukelt sie gelassen in der Hängematte und diktiert die Bedingungen: erstens eine Heirat (daß Frauen immer aufs Heiraten aus sind!), zweitens die Mitregentschaft ihres Lieblings Cäsarion, drittens die Wiederherstellung der einstigen Weltmacht Ägyptens. Ich warte noch auf eine Generalentschuldigung von seiten Mark Antons gegenüber meiner Person, doch leider, leider – Cleo wird langsam vergeßlich.

Ansonsten – ihre Rechnung geht auf. Der Spätheimkehrer ist angeschlagen genug, um pausenlos mit seinem inzwischen schon angegrauten Haupt zu nicken. (So toll scheint das mit Octavia nicht gewesen zu sein.) Ja, ja, ja, dreimal ja, aber jetzt hinaus mit Sklavinnen, Schoßkatzen und ähnlichem Zeugs – *seine* Worte –, er will endlich in Ruhe Wiedersehen feiern.

Eilig mache ich mich aus dem Staub. Bin ich froh, daß ich mit all dem nichts mehr zu schaffen habe!

Endlich – Triumph!

Ist das wirklich schon ein volles Katzenleben her, daß ich meinen ersten Geburtstag feierte? Inzwischen sind achtzehn Jahre vergangen. Ich bin Ägyptens älteste Schoßkatze, ein Nationaldenkmal ähnlich der Pyramide von Gizeh. Nur steht es nicht jedem zu, mich zu besichtigen …

Privat hat sich alles bestens geregelt. Antonius steht ganz in Cleos weiblicher Macht. Nach außen spielt er zwar noch den starken Mann, daheim aber muß er kuschen. Oh, wie ich diesen Triumph genieße!

Gestern nun erlebte ich den Triumph der Triumphe. Es war während unserer Geburtstagsfeier. Cleo hebt den Becher, um auf unser beider Wohl anzustoßen, trinkt daraus. Bevor sie das Gefäß an Antonius weiterreicht, wirft sie eine papageiengrüne Blume hinein. Dieser Barbar greift gierig danach und keucht: „Schon bald Mittag und noch immer keinen

Tropfen Alkohol. Das hält der zäheste Krieger nicht aus." (Und dafür halte ich den aufgeblasenen Kerl trotz seiner Riesensprüche keineswegs.) Da schlägt Cleo ihm den Becher wie zum Spaß aus der Hand.
„Nicht." Sie lacht, daß es ihre zarten Schultern schüttelt. „Der Wein ist vergiftet. Oh", fährt sie fort, als er sie fassungslos anstarrt, „wenn ich gewollt hätte, ich hätte dich hundert-, was

sage ich, tausendmal umbringen können. Aber noch brauche ich dich. Ist es nicht so, Hatschepsut?"

Hatschepsut? Hat sie Hatschepsut gesagt?! Fast verschlucke ich mich an meiner Geburtstagsportion Schwertfisch.

Ende gut, fast alles gut

Unsere grünen Sphinxaugen versenken sich ineinander. Cleo neigt sich zu mir herüber, fast unbemerkt berührt sich unser leicht angegrautes Haar. In diesem Moment sind wir eins, wir beiden schönen Ägypterinnen vom Nil. Du bist wahrhaftig eine große Königin und noch größere Frau, Cleopatra VII, und ich ein seltenes Kleinod von Katze. Eine weise Vorsehung, die uns zusammengebracht hat.

Weniger schön ist, daß du mich bald darauf deinem Jüngsten, Ptolemäus Philadelphus Antonius, zum Spielen gibst. Er ist kaum ein Jahr alt, grob wie sein Vater und reißt mich bei jeder Gelegenheit am Ohrring. So habe ich mir mein Alter nicht vorgestellt.
Doch die Götter wissen, welches Schicksal noch auf meine Herrin und auf mich wartet...

Minou

Ein Katzenleben am Hof von Versailles

Mit Illustrationen von
Hans Fischach

Katzenprinzeß

Lauter Patschhanderln sind's, die nach mir grapschen: erst eine große rosige mit einem dicken Ring am Finger, der sich in mein zartes Fell drückt (hinterher habe ich einen Doppeladler im Nacken), dann eine kleine weiße. Die große riecht süß, nach Backherd und Kuchen, und ich bekomme Sehnsucht nach meinem Körbchen in der Küchenecke, nach meinen Geschwistern und der Mama; die kleine ist eiskalt. Sagt eine herzliche Stimme, die zu der Kuchenhand gehört: »Da ist's, das Muckerl. Sechs Wochen alt, grad der Mutter entwöhnt. Nimm's mit nach Frankreich, damit du eine Erinnerung an Zuhause hast. Aber vergiß darüber deinen Ehemann nicht. Was ist, Antonetterl, warum bist du so blaß?« Dabei schauen die großen blauen Augen ganz mild und besorgt.

Da schluchzt es laut auf, das Antonetterl (das mit der eiskalten Hand), schluchzt auf und preßt das Gesicht in mein Fell. »Muckerl.« Im Nu bin ich naß, durch und durch. Sonst hat mich immer die Mama trockengeleckt, aber jetzt? Grad öffne ich mein Mäulchen, will meine Zunge zur Hilfe nehmen, da hüllt mich das Antonetterl in seine Haarwolke ein. Das kitzelt zwar ein bisserl, ist aber fast so weich wie das Fell von Mama. Ich beiße mich an einem Hornkamm fest, nuckle zufrieden daran herum. Das letzte, was ich höre: »Ob der Dauphin Katzen mag?«

Augen so blau, so blau

Wie man mir später erzählte, hat mich das majestätische Wesen mit der Kuchenhand – der Hof nennt die Dame Kaiserin oder auch Ihre Majestät Maria Theresia von Österreich – in der Hofküche aufgestöbert. Dort war ich kurz zuvor mit vier Geschwistern zur Welt gekommen. Die Mama ist Eigentum von der Paula, der Leibköchin für Mehlspeisen, also gehören wir Butzerln ihr auch. Aber nicht, daß Sie glauben, wir wären ordinäre Wiener Gassenkatzen, so richtige Striezis, gefleckt und meliert, mit Flausen im

Kopf und unmöglichen Manieren – o nein, unsere Rass' ist von ganz spezieller Art. Perser sind wir, weiß wie frischgebleichte Wäsche, wenigstens die Mama und ich. So ganz stimmt's mit der Moral von der Mama nämlich auch wieder nicht, jedenfalls hat sie mit Bobby, dem Kater aus der Hofkellerei, ein g'schlamperts Verhältnis gehabt, ein Pantscherl halt, wie man so sagt. Der ist ein Brauner, halb Siamese, halb Burmese, stieg der Mama ewig nach. Das Ergebnis sind vier pastellfarbene Buben und ein schneeweißes Mäderl, nämlich ich.
Die Paula hat uns an ihrem Arbeitsplatz abgestellt. Da hat uns die Kaiserin durch Zufall entdeckt – sie war auf der Suche nach ein paar Vanillekipferln. Als ich sie verschlafen mit meinen Guckerln anblinzelte, hat sie ganz begeistert aufgeschrien: »Augerln wie das Antonetterl und ich, blau wie die Donau. Horen's, Paula, das Katzerl geb' ich dem Herzblatt mit nach Versailles.«
So fing es an, mein französisches Leben.

Nächtliches Bettzeremoniell

Allmählich hab' ich mich an meine neue Umgebung gewöhnt – ein Prunkzimmer ganz in Gold und Schwarz mit lauter Puppen auf dem Bett – und an meine neue Mama – das Antonetterl. Sie ist wirklich ein Schatz, fast so weiß wie ich, aber mit goldenen Haaren, viel kleiner als die Kaiserin, dafür mit ein paar Pinkerln im Gesicht. Ich darf in ihrem Bett schlafen, hochoffiziell nur an den Füßen, aber wenn die Kammerzofe außer Sichtweite ist, klettere ich bis zum Kopfkissen hinauf, mache es mir in Antonetterls Halskuhle bequem. Das hat sie gern, dann kichert sie und streichelt mich mit Händen, die gar nicht mehr eiskalt sind. Zärtlich schmusen wir uns in den Schlaf.

Neulich hab' ich eine schneeschweiße Katze auf dem Korridor getroffen. Ich glaub', das war

meine alte Mama. Sie hat einen Rußfleck auf der Nase gehabt, das war wohl vom Herd, und ihr Fell war längst nicht so schön gekämmt wie meins. Irgendwie hab' ich mich geniert und zur Seite geschaut, aber sie hat mich sowieso nicht erkannt. Gelangweilt hat sie sich die Pfote geleckt und gegähnt. Später hat sie sich in Richtung Hofkellerei verzogen.
In dieser Nacht war ich besonders lieb zum Antonetterl. Auf der Stell' hat sie sämtliche Puppen aus dem Bett geworfen und mich halb totgedrückt mit ihren Busserln. Von nun an sind wir unzertrennlich.

Ja, das Studium ist schwer

Leider hat das Antonetterl nicht mehr soviel Zeit für mich, sie muß »studieren«, wie sie sagt. Wie das ausschaut? Sie sitzt zum Beispiel vor einem komischen Möbelstück mit kleinen Hämmern und haut so wild darauf herum, daß mit Hören und Sehen vergeht. Eine schreckliche Pein! Verzweifelt springe ich auf die Hämmer, um sie festzuhalten. Da kommt ein so infernalischer Ton heraus, der mich vor Schreck direkt zu Boden schmeißt. Das Antonetterl lacht hellauf, für sie ist das ein Mordsspaß. Blitzschnell nimmt sie meine zarten Pfötchen und läßt sie über das fürchterliche Möbel spazieren, hin und her, her und hin, immer schneller. Mir zerreißt's fast die Ohren. Bis ein schwarzgekleideter Herr, der sich von Gluck nennt, aus dem Nebenraum stürzt und mahnend den Finger hebt. Da gibt das Antonetterl seufzend Ruh'.

Nachmittags sitzt sie dann am Fenster und steckt ihr Naserl in ein dickes Buch. Schnurrend nehme ich auf ihrem Schoß Platz, bade meinen Pelz in der warmen Sonne. So müßte das Leben immer sein. Aber das Antonetterl ist gar nicht zufrieden. »Mon Dieu« höre ich sie stöhnen und später »merde«. Lauter neue Wörter. Das aller-

neueste ist »Mückerl«, dabei schaut sie mich spitzbübisch an. Was das nun wieder zu bedeuten hat?! Verdrossen mache ich Jagd auf eine Fliege.

Meine Ruh' will ich!

Eine furchtbare Unruhe kommt in unseren Gemächern auf. Truhen werden gerückt, riesige Koffer hin- und hergetragen. Dazu steht das Antonetterl vor einem Spiegel und probiert in einem fort neue Gewänder an. Die meisten sind ihr zu groß, sie ertrinkt richtig darin. Wütend stampft sie mit dem Stieferl auf. »Ich will nicht, ich will nicht! Ich will nicht erwachsen werden und heiraten müssen. Wo ist das Muckerl?«
Es steckt in einer Perückenschachtel, hat sich den Deckel über den Kopf gezogen. Grad der richtige Platz für einen zweiten Schlaf. Wenn's

in der Schachtel nur nicht so verlockend rascheln würde! Verzückt stöbere ich zwischen Locken und Haarschleifen herum, nage einen unechten Kanarienvogel halb ab. Aber wenn mich das Antonetterl ruft, bin ich natürlich da.

Mütterliches Machtwort

Eilig hangle ich mich an den rutschigen Stoffbahnen des Prunkkleids hinauf, stoße ihr meine Nase ins Gesicht. »Meine kleine weiße Puderquaste.« Jetzt lacht sie schon fast wieder. Zärtlich kosen wir herum.
Bis die Kaiserin das Idyll unterbricht. Neuerdings ist sie gar nicht mehr herzlich, nur noch majestätisch. So wird auch das Antonetterl drei volle Nächte aus unserem Bett ausquartiert, muß bei ihrer Mama schlafen. Allerhöchster kaiserlicher Befehl. Stundenlang hört man sie

reden und reden, das heißt, nur die Kaiserin redet, das Antonetterl bleibt still.
Und was ist mit mir? Wer nimmt mich in sein Bett? Klagend streiche ich durch die endlosen Gänge. Aber niemand, der mir die Tür aufmacht.

Ab in die Fremde

Rums, rums, rums. Das Gefährt, in dem wir hocken, das Antonetterl und ich, rumpelt über Stock und Stein, daß sich uns der Magen umdreht. Dabei ist es ein ganz vornehmes Gefährt, golden und prächtig verziert und innen mit weißer Seide ausgeschlagen, richtig kaiserlich halt. Mein Korb ist nicht weniger fein, das Antonetterl hält ihn auf den Knien und krallt ihre kleine, wieder einmal eiskalte Hand in mein Fell. Wir zittern um die Wette.

Wenn die Fahrt nur bald ein Ende hätt'! Dauernd bleibt das Gefährt stehen, und dauernd machen auf der Straße irgendwelche Leute tiefe Bücklinge vor uns. Dem Antonetterl ist das – mit Verlaub – schnurzegal, und mir genauso. Wir wollen heim. Aber so einfach geht das nicht. Eine Menge fremder Menschen paßt auf uns auf, alle dick geschminkt und schrecklich geziert. »Franzosen«, wie mir das Antonetterl zuflüstert. Sie sagen »mon Dieu«, so wie das Antonetterl beim Studieren, oder »merci bien« oder »c'est si bon«. »Merde« dagegen hör' ich kein einziges Mal. Wenn die bloß nicht auf die Idee kommen, »Mückerl« zu rufen! Da, eine ziemlich übelriechende Person wagt das schon. (Später erfahre ich, daß es sich dabei um eine Hofdame, Comtesse de Noilles, handelt.) Krault mich dabei grinsend mit ihrer gar nicht zarten Hand. Fauchend schlag' ich meine Krallen hinein. Meint sie vielleicht, ich hätt' nicht gespannt, daß sie mich mit ihren langen Nägeln kratzen will? Mon Dieu – jetzt sag' ich

das auch schon – unter was für eine Bagage sind wir nur geraten?!

Voilá, ein Freund

Endlich hört die Rumpelei auf, die Kutsche hält. Das Antonetterl steht auf, hebt mich aus meinem Korb. Das scheint der Bagage nun gar nicht zu passen. »Non, non, non.« Empört wenden sich die gepuderten Gesichter unter den silbernen Perücken hin und her, aber dem Antonetterl ist das völlig wurscht. Wie ein Sträußerl Veilchen drückt sie mich an ihr Dekolleté, springt ins Freie.

Daußen ist's warm und grün, grüner noch als in Schönbrunn. Die Vögel zwitschern, was mich ziemlich auf die Palme bringt. Genau vor meiner Nase flattert eine braune Federkugel hin und her, so frech, daß ich ihr am liebsten eine

watschen möchte, aber das Antonetterl läßt mich nicht. Sie hat's auf einmal schrecklich wichtig.
Ganz langsam geht sie vor einem alten Mann in die Knie, der sich auf einen goldenen Stock stützt und ihr wunderschöne Augen macht. Hinter ihm steht ein viel jüngerer Mann, der traut sich aber keine schönen Augen zu machen, sondern hält sie niedergeschlagen.
Wenn sich das Antonetterl nur wieder aufrichten würde, ich krieg' kaum mehr Luft an ihrem Busen. Hilfe!! Mit letzter Kraft reiß' ich mich los, kullere dem jungen Mann direkt vor die Füße. Jetzt seh' ich sie endlich, seine schönen Augen. Blau wie die von Antonetterl und der Kaiserin, genauso ausdrucksvoll, aber viel runder. »Quelle chatte ravissante.« Dabei bückt er sich und streichelt mich ganz lieb. Ich krümme mich vor Behagen.

Gemischtes Quartett

Das Krümmen hält an. Denn er läßt mich nicht los, der junge Mann, hält mich – im Gegenteil – zart mit seinen großen Händen, während er sich dem Antonetterl gegenüber in die Kutsche setzt. Dabei krault er mich ohne Unterlaß. Der scheint Schmusen aber nötig zu haben!
Wir sind zu viert: die beiden französischen Männer und wir Österreicherinnen, quasi ein gemischtes Quartett. Der alte Mann will auf einmal auch schmusen. Rückt ganz dicht ans Antonetterl hin und starrt ihr dreist ins Dekolleté. Aber das ist doch mein Platz!
Dem Antonetterl ist das peinlich, sie schaut mich verlegen an, als ob sie sich hundertmal entschuldigen wollte. Laut aber sagt sie nur artig: »Oui, mon roi, non, mon roi.« Jetzt tatscht er – gar nicht roimäßig – nach Antonetterls Seiden-

fingern, aber flugs vergräbt sie die in mein Seidenfell. Nur sind da schon die von meinem jungen Freund, und es kommt zu einem Zusammenstoß. Das Antonetterl wird feuerrot. »Monsieur le Dauphin ...«
Also, jetzt ist mir alles klar. Mein Franzose ist der Dauphin, von dem gleich am Anfang die Rede war. Ich kann nur sagen: Er *mag* Katzen.

Französische Verhältnisse

Es riecht, ja es stinkt geradezu nach Parfum. Im ganzen Haus, beziehungsweise im ganzen Schloß, das viele, viele Male größer ist als unsere Hofburg. So mordsmäßig nach Parfum, daß mir speiübel wird. Dabei hab' ich gar nichts gegen süße Düfte, im Gegenteil, manchmal schleck' ich mich halbtot daran, aber was zuviel ist, ist zuviel. Und kein Mensch reißt die Fenster

auf. Dabei blühen draußen die schönsten Gärten.

Wir wohnen jetzt in Versailles, also in Frankreich, und ich hab' Heimweh nach Wien. Dem Antonetterl geht's genauso. Aber sie kommt nicht dazu, darüber nachzugrübeln, dazu schleichen viel zu viele Leut' um sie herum (so seltsam ölige Personen wie die Comtesse de Noilles), machen tiefe Bücklinge und lauschen an der Tür, was das Antonetterl so treibt und sagt. Das petzen sie dann dem schmusigen alten König weiter. Mit mir würden sie am liebsten Federball spielen, aber dazu fehlt ihnen die Courage. Schließlich bin ich das Herzepopperl von der Dauphine und dem Dauphin. Was die Dauphine nicht daran hindert, mich umzutaufen, zu französisieren sozusagen. Jetzt bin ich nicht mehr das Muckerl und Gott sei Dank auch nicht das Mückerl, sondern die Minou. Na, ich trag's mit Fassung.

Schnurrend streiche ich um das Antonetterl herum. Grad läßt sie sich ein weißes Brautkleid

überstreifen und ächzt. Brautspielen scheint nicht grad ein Zuckerlecken zu sein.
»Quelle bête!« Die Comtesse, heute in Giftgrün, hebt giftig lächelnd einen Fuß in meine Richtung. Da schlüpf' ich blitzschnell unters Brautkleid, mach's mir zwischen den Unterröcken bequem. Auf der Stell' hört das Antonetterl mit dem Ächzen auf.

Mäusewalzer

»Heut' mußt daheim bleiben, Muckerl, pardon – Minou. Heut' wird's ernst.« Das Antonetterl schaut mich betrübt an. Nachdenklich will sie, ihre Lieblingsbeschäftigung, an ihren goldenen Locken kauen, da klatscht ihr die de Noilles die gepuderte Perücke auf den Kopf. »Madame, faites attention!« Ein Fingerschnipsen, und alle Zofen weichen zurück. In diesem Moment taucht

mein neuer Intimfreund auf, der Dauphin, hochfein aufgeputzt im goldenen Anzug mit schimmernden Steinen. Trotzdem sieht er so elend aus, daß mir das Herz schier zerspringt. Tröstend winde ich mich um seine Beine. Doch auch er hat heute keinen rechten Nerv für mich. Arm in Arm stolpert er mit dem Antonetterl zur Tür hinaus und weiter zur Kapelle, der ganze Menschenzirkus hinterher. Das Schloß ist wie ausgestorben, was mir – im Vertrauen gesagt – nicht einmal ungelegen kommt. Endlich die richtige Gelegenheit, mich näher mit den Mäusen zu befassen, die mir schon seit geraumer Zeit unerhört despektierlich vor der Nase herumtanzen. Ich nähere mich ihnen im Wiener-Walzer-Schritt, erledige im Laufe des Nachmittags deren drei. Ganz schön für ein so zartes Wesen wie mich, ein Puderquasterl eben. Stolz lege ich sie dem Antonetterl vors Bett. Die wird eine Freud' haben!

Eine verteufelte Nacht

Diese Nacht hat's wahrhaftig in sich, meiner Treu. Kaum hab' ich mir's zwischen Antonetterls Satinkissen gemütlich gemacht, reißt mich ein Donnerschlag aus dem Schlaf. Bitte, was heißt ein Donnerschlag?! Mindestens zwanzig, einer schlimmer als der andere. Dazu verfärbt sich der Himmel vor dem Fenster knallbunt, rot und grün und silbern und feuerfarben. Sterne schießen in die Höh', zerplatzen mit Gedröhn. Gold spritzt vom Himmel. Die Leut' im Garten aber juchzen vor Vergnügen. So was Albernes! Bis ein Regenguß dem ganzen Zirkus ein Ende macht und alles kreischend ins Schloß zurückflüchtet.

Endlich Ruhe! Zufrieden rolle ich mich in die Kissen zurück. Nun wird hoffentlich bald das Antonetterl kommen.

Sie kommt, aber zum erstenmal nicht allein. Der Dauphin ist bei ihr, legt sich neben sie. Um keine Eifersucht zwischen beiden aufkommen zu lassen – auf Ehr' und Gewissen, wem von ihnen soll ich mich nun in die Arme kuscheln? Einer ist mir so lieb wie der andere – so verziehe ich mich unters Bett. Irgendwann müssen sie ja die Mäuse entdecken und mich mit ihrer Dankbarkeit überschütten. Aber nichts davon in der Richtung, kein Lob, bloß Schweigen. Manchmal komisch, diese Menschen!
Am Morgen bin ich genauso übelgelaunt wie der Hofstaat, der die ganze Nacht in Habacht-Stellung vor der Tür zugebracht hat (ich hab' sie grad noch erwischt). Und noch dazu ein Hochzeitspaar, das mißvergnügt in die Welt schaut, wo gibt's denn das? Waren drei Mäuse vielleicht nicht genug? – Na, hör'n S'!

Ein Chevalier namens Pierre

Um gleich mit der Porte ins Maison zu fallen: Ich hab' einen Freund. Um Sie nicht länger auf die Folter zu spannen: Es ist ein Franzose (deshalb mein neuer Wortschatz). Und um keine Unklarheiten aufkommen zu lassen: Zwischen uns ist nichts, absolut nichts, keine Mesalliance, kein g'schlamperts Verhältnis, keine Affair'. Wenigstens bisher noch nicht.

Was soll ich tun? Ich hab' mich halt verschaut. Mein Schwarm heißt Pierre, ist rabenschwarz und näselt genauso wie seine französischen Herrschaften, von denen man immer glaubt, sie hätten Polypen.

Aufgefallen ist er mir bei den allmorgendlichen Empfängen vom Großvater des Dauphin, zu denen der bessere Adel geladen ist. (Dieser Großvater ist übrigens König von Frankreich und genau jener Tattergreis, der dem Antonetterl in der Kutsche so verboten schöne Augen gemacht hat. Macht er nebenbei jeder hübschen Frau.) Dort hat sich der Pierre elegant, aber un-

übersehbar, an mich herangemacht. Ich hab' getan, als ob ich nichts spannte, obwohl es mir heiß und kalt über den Rücken lief (mein neuer Dauerzustand).
Tags darauf haben wir uns dann bei meinen gelegentlichen Ausflügen im Park getroffen, der Pierre und ich. Da hat er gleich ganz vertraulich getan und mir ins Ohr geflüstert, daß sie erst neuerdings in Versailles Katzen dulden. Wortwörtlich meinte er: »Quelle chance, Mademoiselle! Andernfalls hätten wir uns nie kennengelernt.«

Liebe à la francaise

Was hab' ich gesagt? Keine Mesalliance, kein g'schlamperts Verhältnis, keine Affair'?! Stimmt alles längst nicht mehr oder wiederum doch, denn zwischen Pierre und mir ist viel, viel

mehr, blüht die allerheißeste Liebe. Das muß man – trotz meiner angestammten Vorbehalte – den Franzosen lassen: Hervorragende Liebhaber sind sie, delikat, exquisit, wenn auch nicht unbedingt treu. (Ich denk' da an ein kleines Miststück von rostroter Angorakatze, der mein Pierre kürzlich heftig den Hof gemacht hat, ich hab's durchs Fenster beobachtet. Der Filou! Er kann es nicht lassen!) Jetzt versteh' ich auch, warum das Antonetterl unbedingt einen französischen Ehemann gewollt hat. Bei so viel Charme und Galanterie!
Aber komisch, sie wirkt nach wie vor gedrückt oder rennt gar nicht damenhaft mit ihren langen Gewändern durch die Säle, eine Schar fremder Kinder hinter sich her. Fühlt sie sich von ihrer Minou vielleicht vernachlässigt?!

Riesenmuckerl

Voilà, jetzt sitz' ich ganz schön in der Tinte (und das bei meinem schneeweißen Fell). Pierre ist weg, über alle Berge, symbolisch gesprochen allerdings nur. Geben tut es ihn schon noch, jeden Morgen beim Hofzeremoniell riech' ich sein kräftiges Parfum, aber er geht mir tunlichst aus dem Weg, behandelt mich wie eine feindliche Ausländerin. Aufregen darüber kann ich mich nicht, dazu fehlt mir die Luft.

Mon Dieu, irgendwas stimmt nicht mit mir, ich werd' rund und runder, immer fauler, immer träger, eine richtige dicke, fade Puderquaste. Sogar das sonst so ernste Antonetterl muß darüber lachen. »Jetzt bist du ja ein Riesenmuckerl.« Spricht's und nimmt mich in die Arme.

Drei Tage später schaut sie dann ganz entgeistert. Da hab' ich ihr nämlich zwischen die Spit-

zenwäsche drei – nein, diesmal keine Mäuse, obwohl sie fast genauso aussehen – Kleine gelegt, Miniatur-Muckerl sozusagen. Komisch, wie es darauf reagiert hat, das Antonetterl. Geweint hat sie und dabei ihren flachen Bauch gestreichelt. Ihre Augen aber leuchteten vor lauter Entzücken.

Mütterliche Rivalitäten

Bestimmt bin ich eine narrische Mutter (wo ich doch die süßesten Butzerln der Welt hab'. Alle drei sind sie karamelfarben wie Kaffee mit viel Schlagobers. Pierre ahnt gar nicht, was ihm da entgeht.). Doch das Antonetterl ist noch viel, viel narrischer. Dauernd will sie mit den Kleinen herumtun und kosen, was mir gar nicht paßt. Die sind doch viel zu klein, die brauchen noch ihre Ruh'. Das sind keine Pupperln wie

daheim in der Hofburg auf ihrem Bett, bevor ich kam und sie das Feld räumen mußten. Himmelherrgott, schon wieder hat sie den Jüngsten, den Ferdl, im Arm. Er läßt alle vier

Tatzen hängen wie ein nasser Lappen, fehlt grad noch, daß er – seine Spezialität – dem Antonetterl den Reifrock durchnäßt. Dann gibt's ein Geschrei, und der halbe Hof stürzt herein, ich muß protestieren. Knurrend zeige ich meine Zähne.

»Aber, Minou, sei nicht so gemein zum Ferdl.« Das Antonetterl hebt mahnend den Finger. Ich muß schon sagen, seit ich Mama bin, klappt's mit der Verständigung zwischen uns nimmer so gut. Das Fauchen galt doch einzig und allein ihr.

Kabale und Intrige

Das Antonetterl ist bös'. Oh, ist sie bös'! So wütend hab' ich sie überhaupt noch nie gesehen. Aber nicht etwa wegen mir, weil ich nicht mehr soviel Zeit für sie hab', nein, das hat einen anderen Grund. Die Dubarry ist nun ganz bei ihr in Ungnade gefallen. Und warum? Weil die gute Frau den Ferdl an sich genommen hat, ausgerechnet den Schlawiner. Aber ich erzähl' lieber der Reihe nach.

Bitte, die Dubarry – ja, das ist die am meisten aufgetakelte Weibsperson von ganz Versailles, außerdem die mit dem größten Busen. Der schwappt, appetitlich verpackt, hin und her, daß es einem ganz schwindlig wird. Nur dem alten König geht's anscheinend nicht so, denn er schaut andauernd drauf. Das Antonetterl und sie sind die größten Feinde. Versteh' ich nicht ganz, denn sie lacht immer so herzlich, die Madame, und streicheln tut sie mich auch hin und wieder (und zwar ohne spitze Krallen wie meine Erzfeindin, die de Noilles).

Und, was soll ich Ihnen sagen, der ganze Hof leidet unter der Situation. Alle reden dem Antonetterl zu, der Dubarry mal freundlich zuzulächeln, aber sie bleibt stur. Nein. Sogar der Dauphin hat darum gefleht. Doch da hat sein hüb-

sches Eheweib erst recht ihren Trotzkopf aufgesetzt. »Mit einer Mätresse red' ich nicht.«
Was sie damit wohl meint? Auf Ehr' und Gewissen, ich war von Pierre ja auch nichts anderes.

Heimlicher Raub

Weil sich die Dubarry halb grün und blau geärgert hat über den Hochmut vom Antonetterl, wollt' sie sich ablenken (vielleicht auch rächen). Da ist sie auf den Ferdl verfallen. Persönlich hat sie ihn abgeholt, als er vorm Schlafzimmer der Dauphine mit einem Pompon spielte. Vor Eifer schlug er einen Purzelbaum nach dem anderen, einmal ist er den ganzen Korridor entlanggerutscht. Wieder hat die nette Dame laut gelacht und mir ein dickgeschminktes Auge gekniffen. Dann ist sie mit ihrem Raub davongeeilt, daß ihr Hinterteil nur so wackelte. Der Ferdl hat sich gleich an ihrem Busen wohlgefühlt, richtig hingekuschelt hat er sich. Ich war ganz froh, daß ich wenigstens einen los bin von den Butzerln, denn langsam nervt mich die Kinderstube, aber das Antonetterl hat wie eine Wahnsinnige ge-

tobt. »Diebin, Bestie, Kanaille. Na, die wird was erleben!«
Was wird sie erleben? Täglich erst einmal meinen Ferdl und dann demnächst den Triumph, daß die gnädige Dauphine eben doch mit ihr spricht. Die Frau Kaiserin in Wien hat es höchst persönlich befohlen. Müttern aber muß man folgen. Was leider nicht mehr für meine Kleinen gilt.

Brotzeit mit dem Dauphin

Meiner Seel', ein richtiges Weibertheater! Das Antonetterl hat der Dubarry zähneknirschend bei einem Ball sieben ganze Worte geschenkt (mehr wurden es nie, auch später nicht, daran ist glauben S' mir, nur der Ferdl schuld), das Antonetterl grollt, die Dubarry triumphiert, die

Hofschlangen zischen. Wohin's mich im Augenblick viel mehr zieht, das sind die Männer. Wenn schon nicht der Pierre oder ein ande-

rer schmucker Kater, dann wenigstens der Dauphin, mein guter Freund.
Ich besuch' ihn in seiner Schmiedewerkstatt, die er sich seit kurzem eingerichtet hat. Dort ist er am liebsten, weit weg von allem höfischen Getue, haut den Hammer auf den Amboß, daß die Funken nur so sprühen. Einer setzt sich in mein Fell, brennt ein winziges Loch hinein. Ich spür' gar nichts, aber der Dauphin ist ganz unglücklich darüber.
»Ma petite Mimi.« Zärtlich nimmt er mich in die rußgeschwärzten Arme. »Je t'ai fait du mal? Oh, quel malheur!« Um mich zu trösten, lädt er mich zur Brotzeit ein. Wir teilen uns den Ziegenkäse und ein Stück gebratenes Fleisch, die Milch darf ich allein schlecken. Schnurrend schlaf' ich auf seinen Knien ein. Oh, wie ich diese Zweisamkeit liebe!
Der Dauphin ist dabei genauso glücklich, aber nebenbei plagt ihn das Gewissen. »Was hat ein königliches Katzerl wie du in dieser Umgebung verloren?« denkt er laut, natürlich auf Französ-

sisch, was ich (dank Pierre) inzwischen ganz gut versteh'. Was für eine Frage! Schließlich ist doch er der künftige König von Frankreich.

Sterbetage

Sagte ich künftiger König? Nein, mein guter Freund ist es bereits, oder er scheint auf dem besten Weg zu sein, es zu werden. Sein Großvater, der alte Lüstling, liegt nämlich im Sterben. Bis zu uns herüber hört man ihn stöhnen. Er leidet an der Syphilis oder einer anderen furchtbaren Krankheit, an der er, wie man flüstert, selbst schuld sein soll. Ja, ja, man kann halt nicht jeden Tag ein anderes G'spusi haben. So treiben wir Katzen es ja auch nicht, nicht einmal der Pierre. Die Dubarry ist bei dem Todkranken (hoffentlich ohne den Ferdl), außerdem der Leibarzt, als nächstes ist der Priester angemeldet. Der Dau-

phin und die Dauphine dagegen halten sich zurück. Verständlich, sie müssen sich aufs Regieren vorbereiten. Beide tragen sie schwarze Kleider, sind vor Aufregung ganz blaß. Ich glaub', wenn sie allein im Zimmer wären, würden sie sich an den Händen fassen, so nah' sind sie sich endlich einmal.

Gespannt schauen wir auf die Kerze am Fenster des kranken Königs. Wenn sie ausgeht, so hab' ich verstanden, ist es das Zeichen, daß . . . Da, sie flackert, flammt noch einmal auf und – erlischt. Im selben Moment stürzt der halbe Hofstaat durch die Tür, kniet sich vor den verschreckten Dauphin: »Le roi est mort, vive le roi!« Wer am lautesten schreit, ist die Comtesse de Noilles.

Morgentoilette

Jetzt bin ich halt zur Schoßkatz' von einer Königin arriviert. Ist das was anderes? Ja, irgendwie schon. Arg wenig Zeit hat sie für mich, das Antonetterl, und neuerdings auch nicht für einen Louisdor Geduld. Aber nicht etwa, weil sie regieren müßt', o nein, den ganzen Tag verplempert sie mit ihrer Garderob'. Wenn das die Kaiserin, ihre Mutter, in Wien wüßt'! Die hält doch so viel auf Disziplin!

Am Morgen im Bett beginnt's bereits. Da tritt die Oberzofe, eine fette, nach Knoblauch riechende Person, mit Hemden, Taschen- und Handtüchern für die Morgentoilette der allergnädigsten Königin an, ihr zur Seite die erste Kammerfrau. Die reicht dem noch ganz verschlafenen Antonetterl ein dickes Buch, das – nein, nicht etwa voller Geschichten, seit Wien liest das Herzerl gar nicht mehr –, sondern voller bunter Stoffmuster steckt. Daraus trifft Hoheit ihre Garderobenwahl für den Tag. Nimmt

furchtbar viel Zeit in Anspruch, die ich mir dadurch verkürz', indem ich ein paar Fäden aus dem Buch zupf'. Macht ungeheuer viel Spaß, ich komm richtig in Rage. Verzückt tob' ich quer übers Bett.
Knoblauchatem streift mich so heftig, daß ich niesen muß. Dann werd' ich von plumpen Händen in mein Körberl gesetzt, wo ich mich hilfesuchend nach dem Antonetterl umschau'. Die aber gähnt nur. Kunststück, ist sie doch erst im Morgengrauen vom Maskenball zurückgekehrt.

Lebendes Bild

Später wird's noch aufregender, da kommt der Friseur. Ein gewisser Monsieur Léonard, der ein so wichtiger Mann ist, daß er sechsspännig jeden Morgen von Paris nach Versailles fährt. Alle Damen seufzen vor Entzücken, wenn er seine

Koffer mit Kämmen, Duftwasserl und Salben öffnet. Quelle odeur! Die meiste Zeit aber widmet er sich, so wie's sich gehört, dem Antonetterl. Mit viel Tatü und Tata und Getu' und Gemach' baut er ihr einen Turm auf den Kopf, so hoch, daß sie in die Knie gehen muß, wenn sie durch eine Tür will (nicht unbedingt das Ideale für eine Königin). Auf den Turm kommen dann noch bunte Bilder, Hirsche mit Hunden, eine Schäferin mit einem Lamm oder auch ein Pärchen, das miteinander schmust.
Wie wär's mal zur Abwechslung mit einer süßen kleinen weißen Katze? Um den Meister zu inspirieren, laufe ich anmutig vor ihm auf und ab, setze mich immer neu in Pose. Als Monsieur noch immer nicht kapiert, lande ich am End' mit einem Riesensatz auf dem Riesenturm. Fazit: Es gibt ein noch größeres Geschrei als bei der Morgentoilette, und ich werd' vom Antonetterl eigenhändig vor die Tür gesetzt.

Was hupft denn da?

Heiß ist's in Versailles, brütend heiß. Jetzt stinken sie noch mehr, die parfümierten Damen und Herren, stinken und schwitzen, daß ihnen die braune Brüh' herunterläuft. Aber statt sich mal anständig zu waschen, so wie das unsereins tagein, tagaus mit Akuratess' tut, werden die Hände in einem winzigen Schalerl mit lauwarmem Wasser geschwenkt und die Wangen fingerdick mit Puder verkleistert. Kein Wunder, daß der ganze Hof Krätze hat, Krätze und noch viel Schlimmeres.

Die de Noilles, meine Erzfeindin, ist der größte Schmutzfink von allen. Neulich hatt' ich ein besonderes Erlebnis mit ihr. Grad beugt sie sich neugierig über die Schmuckschatulle vom Antonetterl (wahrscheinlich, um was mit ihren spitzen Krallen zu entwenden. Dem Miststück

trau ich alles zu), da sah ich was hüpfen in ihrem schmuddeligen Dekolleté. Es zuckte mir in allen Gliedern, ich mußt' mich einfach darauf stürzen.

Was tut die blöde Ziege? Schreit gellend auf, daß der halbe Hof zusammenläuft. Ich selbst bin zu Tode erschrocken zusammengezuckt. Das Ergebnis: Jetzt hat die de Noilles zwar einen Floh weniger, aber dafür einen Riesenkratzer im Dekolleté.

Lustschloß im Park

Dem Antonetterl geht die Affenhitz' auch auf den Nerv, außerdem hat sie vom Hofzeremoniell das Naserl voll. Bälle und Redouten und Opernaufführungen sind zwar ihr großes Plaisir, aber zwischendurch möcht' sie hinaus an die Luft. Schmeichelnd wie ein Kätzchen (das hat sie von mir gelernt) bettelt sie den König, ihr ein eigenes Lustschlößchen zu schenken. Wie immer sagt der Gute ja. (Irgendwie scheint er seiner Frau gegenüber ein schlechtes Gewissen zu haben. Vielleicht weil er nicht jede Nacht in ihrem Bett schläft?!)

Jetzt hausen wir ganz hinten im Park im Schlößchen Trianon, das Antonetterl und ich und noch ein paar Dutzend junge Leut'. Die alten hat das Antonetterl kurzentschlossen rausgeschmissen, die de Noilles – »Madame Etiquette« – vornedran. »Sauertöpfische Gesichter verderben die Stimmung«, so erklärte sie mir das. Was ich nur bestätigen kann.

Das Trianon ist ein kleines Paradies, mit einem Eßtisch, der auf Knopfdruck im Boden versinkt, mit vielen wunderbar weichen Polstern zum Hineinkuscheln und feiner Seide an den Wänden (läßt sich herrlich aufrauhen, ich hab's ausprobiert). Grausig ist nur der Garten, ein richtiger Horror. Da gibt es einen künstlichen Teich und falsches Moos und nachgemachte Mäuse ...

Ein schwedischer Kavalier

Ja, Sie haben richtig gehört. Mäuse, die nervösen grauen Samtwämse, *hier* aus wirklichem Samt. So was Blödes! Als wenn's hier von lebendigen nicht bloß so wimmeln würde. Aber nein, es sollen welche zum Streicheln sein. Und auf so ein Plagiat bin ich hereingefallen. Peinlich, peinlich! Allerdings hat die Geschicht' auch ihr Gutes. Doch ich erzähl' der Reihe nach. Räkle ich mich mit meinem blauen Seidenhalsband, das mir das Antonetterl, seitdem wir sozusagen auf dem Land leben, passend zu ihrem Lieblingskleid ausgewählt hat, und kaue ein bisserl (echtes) Gras für die Digestion (was auf gut österreichisch Verdauung heißt) da sticht mir ein grauer Schatten in die Pupille. Da ich lange nicht gejagt und mich auch sonst nicht grad viel bewegt hab' (das süße Leben in Versailles!),

setz' ich zu einem Hechtsprung an. Aber komisch – das Mistviecherl rennt nicht weg, was mein Vergnügen gewaltig erhöht hätt'. Es faßt sich auch nicht samtweich an, sondern hart wie Bein. Bitte, um ein Haar beiß' ich mir einen Zahn daran aus.
Als ich den Scherzartikel angewidert von mir werf', hör' ich ein Pfeifen. Diesmal eine echte Maus? Nein, es ist ein gertenschlanker Kater, der vor Erregung durch die Nase schnauft. Mein Anblick hat ihn umgehauen. Mir geht's nicht anders. In seine steingrauen Augen und das blonde Fell verknall' ich mich auf der Stell'. Schweigend ziehen wir uns in den Liebestempel zurück. Dort erzählt er mir, daß er Kalle heißt und aus Schweden kommt.

Glück im Quartett

Sagen Sie mir nichts gegen schwedische Leidenschaft! Sie ist zwar – zugegeben – ein bisserl diskreter als die vielgepriesene französische, aber mindestens ebenso heiß. Außerdem viel beständiger.
Das Antonetterl weiß, wovon ich sprech'. Ihre heimliche Liebe gehört nämlich auch einem Schweden, sein Name ist Axel von Fersen, und er und der Kalle gehören zusammen. Gemeinsam sind sie aus dem hohen Norden gekommen, um ein bisserl das französische »savoir vivre« zu studieren. Ja, und dabei sind sie auf zwei Österreicherinnen gestoßen. Wenn das nicht international ist!
Der Axel kann hervorragend tanzen. Ich hab' ihn mit dem Antonetterl ein Menuett drehen sehen, ganz allein in ihrem Salon, nur ich hab'

durchs Fenster gelinst. Das Antonetterl hat dabei so glücklich gelacht wie niemals zuvor, ihre Augen strahlten, und sie drehte sich wie ein Pupperl in ihrem blauen Kleid. Sind ein gelungenes Paar, die beiden. Was genauso auf den Kalle und mich zutrifft. Zu viert verbringen wir einen herrlichen Sommer. Das Antonetterl und ihr Kavalier in aller Heimlichkeit, während ich mich zu Kalle offen bekenn'. Hoffentlich nimmt unsere Liebe niemals ein End'.

Über Nacht verlassen

Niemals ein End'? Von wegen. Er ist bereits auf und davon, der Kalle, zusammen mit seinem Baron, dem von Fersen. Nach Amerika, wie sich die Hofbagage mit hochgezogenen Augenbrauen zuflüstert, als sei das was ungeheuer Degoutantes. Nicht mal Lebwohl haben die bei-

den Flüchtigen gesagt, so schnell ist das passiert, praktisch über Nacht. Jetzt sitzen wir da, das Antonetterl und ich. Bleibt nichts übrig, als sich gegenseitig zu trösten. Das Antonetterl macht reichlich Gebrauch davon, mit einemmal ist sie wieder das kleine Wiener Prinzesserl mit der Angst vor der bösen Welt. Sie busselt mich halb zu Tod.

Irgendwie geb' ich ihr ja die Schuld an der ganzen Geschicht'. Andauernd hat sie den Axel mit ihren verliebten Augen so flehend angeschaut, da konnt' er nicht anders, er mußt' einfach fliehen. Jetzt seufzt sie, als könnt' sie alles um sie herum nicht mehr lang ertragen. Ich hab' inzwischen andere Sorgen: Peu à peu bereit' ich mich auf eine schwedisch-österreichische Kinderstube vor.

Doppeltes Mutterglück

Grad sind die Kleinen der Muttermilch entwöhnt – fünf waren's diesmal, vier davon mit steingrauen Augen und ziemlich blond, richtige winzige Wikinger –, da eifert mir das Antonetterl nach. Ihr Bauch rundet sich von Tag zu Tag, bald braucht sie keinen Reifrock mehr. Schön sieht das, im Vertrauen gesagt, nicht grad aus, aber das Antonetterl freut's mächtig. Hat sich anscheinend doch gelohnt, beim guten König Trost zu suchen.

Der bringt sich fast um vor lauter Stolz. Streicht dauernd um das Antonetterl herum und behängt sie mit teuren Geschenken. Sie erfinden zusammen die kindischsten Spiele.

Ein Beispiel: »Sire, ich muß mich über einen Ihrer Untertanen beschweren, der so dreist ist, mir mit den Füßen in den Bauch zu stoßen«,

meldet das Antonetterl mit künstlich finsterer Miene. Da lacht der König dröhnend.
»Un bébé«, murmelt er, als wir allein sind, und zwickt mich liebevoll ins Ohr, »un petit dauphin. Tu comprends, Mimi?« Optimist! Ein Dauphin! Und wenn's nun fünf auf einmal sind?!

Salut für einen Winzling

Es ist nur eins geworden, ein Mäderl, eine Dauphine. Aber, Jesus Maria, was für ein Zirkus! Unsereins verkriecht sich in eine Ecke, um seine Kinder mutterseelenallein auf die Welt zu bringen, das Antonetterl dagegen wird auf ein Prunkbett regelrecht aufgebahrt, damit ja der ganze Hof an der Quälerei teilhat. Hat mir richtig leid getan, die junge Mutter. Traute sich nicht, nach Herzenslust zu stöhnen und zu jam-

mern, so wie's ihr zumute war, sondern hat tapfer den Schmerz verbissen und ihre schweißnassen Hände in mein Fell verkrallt (Ehrensache, daß ich dem Antonetterl beigestanden hab' in ihrer schweren Stund'!).

Hinterher lag sie wie tot da. Aber das hat außer mir niemand gespannt, so sehr waren alle mit dem neugeborenen Winzling beschäftigt, der mordsmäßig schrie. Bis ich dem König so lang um die Füß' gestrichen bin, daß er stutzig wurde. Flugs hat er den allerobersten Hofarzt angebrüllt, auf der Stell' was zu tun. Das ist vielleicht ein grober Gesell! Brutal hat er dem Antonetterl das Bein geritzt, daß das Blut nur so spritzte. Wenigstens ist sie wieder wach geworden und hat sich mit seligem Lächeln die einundzwanzig Kanonenschüsse angehört, während ich mich unter den Toilettentisch flüchtete. Meine Nerven sind auch nimmer das, was sie einmal waren.

Katze im Eck'

Das Getu' um das Baby – kahlköpfige Greisin müßt' ich eher sagen, denn genauso schaut's aus – nimmt kein End'. Dauert auch furchtbar lang, bis so ein Balg mal ohne Mutter auskommt, das geht ja über Jahre. Bei allem Verständnis, aber mit dem Menschennachwuchs tu' ich mich schwer. Ein paarmal hab' ich mich dazu durchgerungen, in die königliche Wiege zu klettern und die bloßgestrampelten Füß' nach besten Kräften zu wärmen, da hat das Balg gleich wie wild losgeheult, und die Amme – Madame Poitrine, so heißt sie tatsächlich – ist herbeigestürzt. Tat, als ob ich Frankreichs künftige Regentin meucheln wollt', das Antonetterl war genauso hysterisch. Oh, meiner Treu!

Im Augenblick bin ich ziemlich abgemeldet, was sich auch auf mein Äußeres niederschlägt.

Mein blaues Halsband ist zerfleddert, das linke Auge von der stickigen Parfumluft gerötet, ich langweil' mich so durch den Tag. Höchste Zeit, daß das Antonetterl sich wieder auf mich besinnt, sonst laß' ich mich noch vollends gehen. Aber damit sieht's schlecht aus. Im Gegenteil – andauernd ist von einem kleinen Dauphin die Rede, die Wiener Kaiserin schreibt's in jedem Brief. Da heißt's Geduld haben. Und kein fescher Katzen-Kavalier weit und breit.

In Ehren erweißt

Wie die Zeit dahinrennt! Es ist gar nicht so lange her, da tobten wir übermütig in der Hofburg herum, das Antonetterl und ich, hatten absolut keinen Gusto auf Frankreich, und inzwischen sind fünfzehn Jahre vergangen. Wenn Sie mich fragen, so sind wir innig wie eh und je, trotz mancher Krisen. Doch da ist einfach das original Österreichische, was verbindet, und das findet das Antonetterl nur bei mir und ich bei ihr. (Was – pardon – ungerecht gegenüber dem König ist, er ist – vraiment – der beste Mensch der Welt, aber eben ein Franzose.)
Ähnlicher sind sich das Antonetterl und ich im Laufe der Jahre auch geworden: Beide ein bisserl mollig, nicht richtig dick, nein, nur gut beieinand'. Ja, und dann hat das Antonetterl aus lauter Anhänglichkeit ein paar weiße Haare bekom-

men. Nur rein schneeweiß zu werden, das schafft sie wohl nie. Wie ich ihr auch auf anderem Gebiet voraus bin, beispielsweise, was die Zahl der Kinder und Liebhaber betrifft. Ich hab' es inzwischen auf siebenundzwanzig (Kinder) und acht (Liebhaber) gebracht, sie dagegen grad auf drei, beziehungsweise einen. Womit ich natürlich den König mein'. Alles andere ist böses Gewäsch.

Mich friert's

Komisch, mit einemmal fang' ich in Versailles an zu frieren. Bestimmt nicht wegen der Kälte – wir haben einen sonnigen Mai –, es ist die Atmosphäre, die mich schaudern läßt. Vor allem das Benehmen der Leut' gegenüber dem Antonetterl. Früher, ja, da haben sie sich halb umgebracht mit lauter Kniebeugen und Beifallklatschen, wenn sie mit ihrer ungeheueren Turmfrisur und den Klunkern um den Hals durch die Säle rauschte, während jetzt? Grad noch das Allernötigste.

Ich weiß auch, wer dahintersteckt. Das sind die drei bösen alten Hexen, die Schwestern vom guten König, die gemeinsam mit der gefeuerten de Noilles im Hintergrund gegen das Antonetterl giften.

Dazu kommen ein paar abgetakelte Ex-Mätressen vom Großvater und ein trotteliger Kardinal. Boshaft kichern sie hinter vorgehaltenen schmuddligen Händen, wenn wiedermal ein Schmählied aufs Antonetterl die Runde macht. Das Antonetterl aber tut, als wär' alles in bester Ordnung. Grad wichtig hat sie es mit den Proben zur »Hochzeit des Figaro«, in der sie die Hauptrolle spielt. Dabei ist der Verfasser ein gewisser Beaumarchais, der sich in aller Öffentlichkeit über den König lustig macht. Aber das Antonetterl schert sich nicht darum. Und kein Mensch sagt ihr mal ordentlich die Meinung.

Halsband-G'schichten

Man hat das Antonetterl reingelegt. Aber wie! Ganz Frankreich zeigt mit dem Finger auf sie, dabei kann sie auf Ehr' und Gewissen wirklich nichts dafür. Der Kardinal Rohan hat ihr den Streich mit dem Halsband gespielt. Nicht irgendein Halsband, nein, das wohl schönste der Welt.

Wie ich die Sache verstanden hab', hätt' das Antonetterl mit ihrem Sinn fürs Kostbare besagtes Halsband brennend gern für sich gehabt. Aber ausnahmsweise hat der König nein gesagt, er konnt' nicht anders, das Antonetterl kostet einfach zuviel. Sie hat's wohl oder übel einsehen müssen (und aus Rache ihr kleines Theater für fast hunderttausend Livres renoviert). Da taucht plötzlich ein aufgeregter Mann in unseren Räumen auf und will Geld von der Köni-

gin. Wofür? Sie werden's kaum glauben, aber eben für jenes Halsband, das das Antonetterl nicht hat, aber immer noch will. Angeblich hat sie's aber doch, der Kardinal hat es für sie gekauft.

Ist das ein Theater! Das Antonetterl vergißt darüber ihre Katze, ihre Kinder – das Mäderl und die beiden Buben – und rast wie eine Furie auf und ab. Der Kardinal soll verhaftet werden. »Hören Sie, Sire?!« Damit meint sie den König, der – was ich nur zu gut versteh' – nichts will als seine königlich französische Ruh'. Er windet sich wie ein Regenwurm. Aber das Antonetterl läßt nicht locker. »Nehmen Sie die Minou vom Arm und antworten Sie!«

Maria und Josef! Und wozu das ganze Geschrei? Wegen eines simplen Schmucks für den Hals. Versteh' ich nicht, nein, wirklich nicht. Für mich war's der glücklichste Augenblick, als man mich von meinem blauen Halsband befreite.

Pechsträhne

Das Antonetterl hat seinen Dickkopf durchgesetzt: Der Kardinal mußte gehen.

Aber Glück hat ihr das letztendlich nicht gebracht. Im Gegenteil, alle schauen sie an, als hätt' sie was gestohlen. Man meidet sie, wo man kann.

Es ist so schlimm, daß sie manchmal beim Auskleiden in Tränen ausbricht. »Minou, meine Minou, ich versteh' die Welt nicht mehr.« Dann muß ich sie trösten, sie herzen und kosen, was mir bei meinem fortgeschrittenen Alter (und fortgeschrittenem Taillenumfang) nicht mehr so leicht fällt.

Ein Unglück folgt dem anderen. Bringt das Antonetterl – immerhin schon über dreißig – doch noch ein Mäderl zur Welt, das zweite. Ja, muß das denn sein? Ist denn niemals eine

Ruh'?! Mich könnte man jagen mit all den Mannsbildern und dem Kindergeschrei.

Es hat sich beim Antonetterl auch nicht gelohnt. Nicht mal ein Jahr alt, stirbt das Geschöpf. Das Antonetterl weint sich fast die Augen aus. Ausgerechnet ihr Bébé, das süße Sopherl. Wenn Sie mich fragen, gesund hat's von Anfang an nicht ausgeschaut, und auch ihr Ältester, der Dauphin, wird von Tag zu Tag blasser. Da – endlich – eine Glücksbotschaft: Der Baron von Fersen ist wieder im Land. Ich bin mal gespannt, ob er den Kalle mitgebracht hat. Aber wahrscheinlich deckt den längst der schwedische Rasen, oder er ist ein alter Herr, der sich nicht mehr um Damen bemüht.

Neue, alte Glut

Er hat den Kalle nicht mitgebracht. Auch kein anderes vierbeiniges Nordlicht, nein, ganz allein ist er gekommen, blonder und schöner und auch – verliebter denn je. Mir hat das weiß Gott nicht gepaßt. Schließlich ist das Antonetterl jetzt Mutter und nicht mehr taufrisch. Da muß man schon auf sich halten, find' ich.

Aber das Antonetterl hat sich keinen Deut drum geschert, feuerrot vor lauter Freud' und Verliebtsein ist sie geworden.

Und jetzt besucht der Schwede sie täglich, bei Tag und bei Nacht (in aller Heimlichkeit, wie das Antonetterl glaubt. Aber bitte, da macht sie sich, mein' ich, selbst was vor.)

Der König darf gar nicht mehr in ihre Näh'. Nachdem jetzt auch noch der Dauphin gestorben ist, behandelt sie ihren Gemahl eiskalt wie

am ersten Tag. Der Gute tröstet sich mit der Jagd und – mit mir.
Das ist das Gute am Älterwerden: Mich regt nichts mehr so schnell auf. Ob sich die Menschen nun lieben oder bekriegen, für mich bleibt's gleich. Hauptsache, sie streiten sich nicht in meiner Gegenwart, und für mich langt's zu genug Zärtlichkeit. Alles andere kann mir gestohlen bleiben.

Glücklich im Park

Wenn mich nicht alles täuscht, war das heut' der letzte ruhige Tag für lange Zeit. Ich hab's im G'spür. Dabei fing er so gemütlich an.
Ich machte mit dem Antonetterl einen Morgenspaziergang. Wir besuchten Trianon, die Stätte unserer schönsten Erinnerungen, nur wir beide, sie und ich. Die halbe Strecke trug sie mich auf

ihrem Arm. Sentimental, wie das Antonetterl ist, hat sie mir noch einmal ein vergißmeinnichtblaues Halsband umgebunden, auch sie trug ein vergißmeinnichtblaues Kleid. Gemeinsam ließen wir uns am Liebestempel nieder, um ein bisserl auszuruhen. Inzwischen wirkt alles recht verfallen, es gibt keine künstlichen Blumen mehr und auch keine falschen Mäus'. Dafür sprießt üppiges Unkraut.

»Alt sind wir geworden, Minou, alt und nimmer so stürmisch. Aber du bist nach wie vor mein geliebtes Puderquasterl, Souvenir an die liebe Frau Mama«, sagt das Antonetterl zärtlich und zieht mich auf ihren Schoß. Ich fang' behaglich an zu schnurren. Was für ein schöner Tag! Warm scheint die Oktobersonne auf uns nieder, im Seerosenteich blinkt ein Fisch. Ein echter oder nachgemachter? Was kümmert's mich! Ich genieß' die Wärme vom Antonetterl und der Luft, richt' mich in aller Ruhe auf einen Mittagsschlaf ein. Da kommt eilig ein Page herbeigerannt, der hübsche Simon ...

Überfall im Schloß

Stotternd meldet er mit untertänigstem Katzbuckeln, man brauche die Königin ganz dringend im Schloß. Das Antonetterl erschrickt. Rasch packt sie mich und eilt, daß ihr Kleid nur so fliegt (und mein Puls genauso) zurück nach Versailles. Da steckt sicher ihr Schwede, der von Fersen, dahinter. Richtig.

Grad schwingt er sich vom Pferd herunter, ein blonder Gott, aber da ist auch noch der König (nicht ganz so blond und göttlich), der beim Hirscheschießen war. Doch für Eifersucht ist jetzt keine Zeit, dazu gibt's zu viele andere Probleme. Wie ein zittriger General erklärt, marschiert ein Zug von wildgewordenen Frauen aus Paris geradewegs auf das Schloß zu, will vom Antonetterl was zu essen. Ehrlich, die Aufregung versteh' ich nicht. Soll sie ihnen halt was

geben, die Küchen sind doch voll von Brot und sonstigem. Nicht umsonst treiben immer mehr Mäuse ihr Unwesen.

Doch das Antonetterl zieht nicht so recht. Nachdenklich beißt sie sich auf die Lippe, kaut und kaut. So erinnert sie mich an ihre selige Mama, die Kaiserin. »Sire, was meinen Sie dazu?«

Der gute König zuckt mit den Achseln, gähnt. Am liebsten würd' er sich schlafen legen oder noch einen Hirsch schießen, ich seh's ihm an der Nasenspitze an. Aber das geht jetzt nicht.

Plötzlich stehen nämlich sechs wilde Weiber im Raum. Ich schnuppere. Die riechen ja äußerst verführerisch nach Fisch.

Blutige Nacht

Auf einmal geht alles sehr schnell. Die nach Fisch duftenden Weiber schreien nach Brot, der König nickt, der schwedische Kavalier schweigt, das Antonetterl zieht sich naserümpfend mit mir zurück. Mit schmutzigem Pöbel will sie nichts zu tun haben. Wir begeben uns in ihr Bett.

Aber an Schlaf ist nicht zu denken, dazu schreien die Leut' im Hof viel zu laut. Gemeinsam schauen das Antonetterl und ich aus dem Fenster. Da sieht man justament, wie die wilde Meute dreien unserer Leibgardisten den Kopf abschlägt. Ein grausiger Anblick! Das Antonetterl würgt und würgt, um ein Haar fällt sie in Ohnmacht. Entsetzt preßt sie mich an ihr wildpochendes Herz. »Wir müssen zum König, schnell!«

Aber der schläft sanft und süß, träumt wohl von einer Hirschkuh. Das Antonetterl klopft sich die Knöchel wund, bis er endlich schlaftrunken öffnet. »Madame?«
»Rasch, nehmen Sie mir die Minou ab«, herrscht sie ihn an. »Wo sind die Kinder?«
Wenig später ist die ganze Familie beieinander, schließt sich in ein Zimmer ein. Dort warten wir auf den Morgen. Ich glaub', ich bin die einzige, die hin und wieder eine Runde schläft, alle anderen wachen und seufzen.

Es lebe die Königin

Die Weiber geben noch immer keine Ruh'. Jetzt haben sie ihr Brot bekommen und dürfen, wenn sie mögen, mit der Kutsche nach Paris zurückfahren, und umgebracht haben sie auch ein paar Leut', also – was wollen sie noch?

»Den König sehen«, krakeelen sie, so schrill, daß ich mich unter den Gobelinsessel verkriech'. Der gute Mann tut ihnen den Gefallen. Ich glaub', er tät alles, um Frieden zu haben und später ungestört auf die Jagd gehen zu dürfen. Bei aller aufrichtigen Liebe zu ihm, aber ein gestandenes Mannsbild ist er nicht. Da hat der von Fersen schon mehr zu bieten.

Anschließend verlangen's nach der Königin, dem Antonetterl. »L'Autrichienne«, brüllen sie, es klingt voller Haß. Mir bleibt vor Schreck fast das Herz stehen. Wird sie gehorchen oder nicht?

Sie gehorcht. Ihr Mäderl und den kleinen Buben an der Hand, tritt sie hinaus auf den Balkon, mit steinernem Gesicht und aufrecht wie ein Soldat. Oh, wie bin ich stolz auf das Antonetterl! Eine wirkliche Königin. Gleichzeitig hab' ich schreckliche Angst. Wenn die da unten nun auf die Idee kommen, mit Steinen zu werfen oder aus Gewehren zu schießen?! Inzwischen trau' ich ihnen alles zu.

Aber nix davon, im Gegenteil. Kenn' sich einer mit den Franzosen aus! Anstatt das Antonetterl wüst zu beschimpfen, schreit die Meute begeistert: »Vive la reine.«
Na also. Dann ist ja alles doch nicht so schlimm!

Fahrt ins Ungewisse

Erinnern Sie sich noch? Fast zwanzig Jahre ist's her, als ich mit dem Antonetterl in einer Kutsche fuhr, damals von Wien nach Versailles. Wir rollten ihrer Hochzeit entgegen. Heute geht die Fahrt woanders hin, nach Paris, das ich bisher nur dem Namen nach kenn', ins Ungewisse. Vive la reine hin und her – die Fischweiber haben's so bestimmt.
Wieder holpert die Kutsche über Stock und Stein, wieder hat das Antonetterl eiskalte Hände, die sie in meinem Fell zu wärmen versucht,

aber diesmal sind wir nicht nur unter uns. Die Familie ist dabei, also der gute König, die Kinder, die Gouvernante. Auch sonst hat sich manches geändert. Keine Leibgarde eilt dem Zug voraus, keine eleganten Leut' umringen die Kutsche, nein, nichts als erbärmliches Volk, schlechtgekleidet, das die Straßen säumt und zu uns in die Kutsche gafft. Ab und zu schwingt auch einer die Faust.

»Madame, darf ich die Minou halten? fragt der kleine Dauphin, dem es langweilig ist. Ich wart' gespannt. Wird das Antonetterl mich an ihren Sohn abtreten? Aber sie schüttelt leise den Kopf. Reicht dem Bub ihre Handschuhe zum Spielen. »Die alte Minou geb' ich nimmer her. Wir bleiben zusammen bis zum bittren End'.« Dabei lächelt sie. Es wirkt ein bisserl mühsam. Sie ist müd', das Antonetterl Tröstend leck' ich ihr – was ich noch nie getan hab' – die blassen, kalten Hände.